SHY NOVELS

始祖の血族

夜光花

イラスト 奈良千春

CONTENTS

始祖の血族

1 竜の心臓

光魔法と闇魔法の血族についてアルフレッドが知ったのは、十歳の時だった。

この国には五大魔法と呼ばれる火、水、風、土、雷魔法を受け継ぐ五名家が存在する。王家につらなる者として生まれたアルフレッドは、無論そのことについて深く知っている。けれど何かの書物に、それ以外にも光魔法と闇魔法という特殊な血族がいると書かれていた。

闇魔法の血族は生まれついての赤毛で、残酷で血を見るのが好きな性質を持つ。かつて闇魔法の血族の者が反旗を翻《ひるがえ》したことがあり、赤毛はデュランド王国にとって忌まわしい存在の象徴となっている。

光魔法の血族は、命を尊び、人を癒す魔法に特化している。時間を操ることもできる特殊な血族で、体毛は白く、短命で、同じ光魔法か闇魔法の者としか性交できないそうだ。

書物にはほんの少ししか書かれていなくて、アルフレッドはかなり興味を惹《ひ》かれた。王族しか利用できない王立図書館の禁書ですら、たかだか数ページしか記載されていないのだ。謎の血族について知るには、もっと隠された書物を探すしかない。

王国には、王だけが読むことが許された書物を集めた部屋がある。

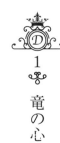

鍵を持つのは現在、女王陛下のみ。王太子ですら入ることは許されていない。

その部屋に、アルフレッドが興味を抱くクリムゾン島に関する資料がある。クリムゾン島は本土の西百十キロに位置する孤島だ。魔法回路を持つ男子は必ず進学することで有名なローエン士官学校がある。

クリムゾン島には、立ち入り禁止区と呼ばれる場所がある。選ばれた者しか入れない謎に満ちた場所で、その奥地には森の人という先住民が住んでいる。

闇魔法と光魔法の血族は立ち入り禁止区の奥地に存在するらしい。書物にはそれ以上書かれていなくて、アルフレッドは子ども心に一体どんなところなのだろうと夢見た。

王しかくわしい話を知ることのできない孤島。アルフレッドは咽《のど》から手が出るほどその情報が欲しいと思ったが、継承順位の低い自分には到底無理だろうということも分かっていた。

けれどアルフレッドが二十歳《はたち》の時、ジークフリートというかつてこの国を混乱に陥《おとしい》れたアレクサンダー・ヴァレンティノの息子が、闇魔法の力を用いて再びデュランド王国に牙を剝いた。王族はこの事件で多くの犠牲者を出し、継承順位が低かったアルフレッドが国王の座に就《つ》くことになった。

国王になると知り、アルフレッドが一番喜んだのは、王だけが目を通すことのできる貴重な資料の数々を目にする資格を持ったことだ。まだ女王が存命だった頃、アルフレッドは嬉々《きき》としてクリムゾン島に関するすべての情報開示を求めた。

「お前は昔から変わらぬ。まるでこの世のすべての理《ことわり》を明かしたいかのようだ」

女王は困ったように微笑み、アルフレッドに秘密の部屋の鍵が入っている宝箱を見せた。箱は質素といっていい無機質なもので、宝石が鏤《ちりば》められているわけでもなく、貴重な布を使って仕上げているわけでもない。一見ただの木箱だ。

「これには魔法がかかっている。この国の王だけが触れて箱を開けることができるのだ」

女王は箱に手を触れて、言った。女王はすでに齢《よわい》七十を超え、ジークフリートの起こした事件で心労が重なり、たびたび寝込むようになっていた。自分の身がいつまで保《も》つか分からなくなったのだろう。女王はアルフレッドに宝箱を預けた。

「私はもうその部屋に興味はない。お前が王になった時、その宝箱に触れるといい。箱が開き、鍵が現れるだろう」

宝箱をもらえて子どものように喜んだが、王にならない限り、秘密の部屋には入れない。

「なかなか焦《じ》らしてくれますね。よっぽどすごい秘密が隠されているんでしょうね？」

宝箱を大事に抱え、アルフレッドは女王に皮肉を込めて言った。

「この国の闇の部分だよ」

女王は疲れたように告げ、アルフレッドを下がらせた。

それからほどなくして、女王は崩御し、アルフレッドはこの国の王になった。王になって最初にしたのが、秘密の部屋に入ることだ。秘密の部屋にはこれまで隠されていた王家の闇やクリムゾン島の秘密、光魔法、闇魔法の血族の性質がすべて資料として残されていた。

知れば知るほど面白い島だった。

立ち入り禁止区の奥には光魔法の血族だけが暮らす水晶宮という建物があるらしい。そこでは物質から解放された生活を営んでいるという。食べることも排泄《はいせつ》することもなく、凝似ではあるがどんなものも思いのままになる。そんな暮らしを営む存在を果たして人間と呼んでいいのか悩むところだ。

アルフレッドの知る唯一の光魔法の血族といえば、マホロだけだ。

マホロはローエン士官学校に通う幼い顔立ちの青年で、魔力を増幅する石を心臓に埋め込まれている。マホロの傍で魔法を使うと威力が数倍に跳ね上がるし、マホロ自身も大量の魔力を持ち、光魔法を操ることができる。

罪人ジークフリートを捕らえた際に、オボロという光魔法の少女も確保した。残念ながらオボロはすでに死んでいたので、遺体は数名の医師の手によって解剖された。

オボロの心臓には見たことのない虹色に輝く石が埋め込まれていた。いや、この説明は語弊《ごへい》がある。オボロの遺体を解剖した医師たちと解剖に立ち会ったアルフレッドは、最初それを石とは思わなかった。マホロの身体に魔力を増大させる石を埋め込まれていると事前に知っていても、実際目の当《まあ》たりにすると、とても石に見えなかった。それは生き物のように心臓に癒着していたからだ。ところがその物体を心臓から引き剝がすと、直径七センチほどの石になった。石はキラキラと虹色に輝いていた。最初は魔法石かと思ったが、研究者の話では石自体には何の力もないそうだ。調査して分かったのは、それが竜の心臓に似ていること。成分や形は同じなのだが、竜の心臓は虹色には光らない。謎を残したまま、アルフレッドはそれを保管するよう彼らに指示した。

ある少年から連絡がきたのは、雨が降り続いた日の午後だ。水晶宮の司祭は時おり王家に連絡を入れる。誰かにギフトを与えた時や、水晶宮に何か起きた時、司祭を務める者が魔力で作られた鳥を使って用件を伝えてくる。

『王に会って頼みたい件がある。《転移魔法》を使える者を寄こしてほしい』

魔力で作られた白い小ぶりの鳥は、流暢《りゅうちょう》にしゃべった。決められた台詞《せりふ》を口にするだけのようで、話しかけても同じ言葉しか繰り返さない。わざわざ水晶宮から出てきて、自分に会いたいと願うのはよほどのことだろう。アルフレッドはすぐに魔法団団長であるレイモンドを呼びつけ、水晶宮へ赴くよう告げた。光魔法の血族のほとんどの者は日の光の下では暮らせない。だから来るとしたら夜だろうと考え、レイモンドはその日は寝る時間になっても着替えをせずに、執務室で来訪者を待った。

その少年が現れたのは、真夜中過ぎだった。

色白の肌に白い髪、白い貫頭衣、そばかす顔の十三歳の男の子だ。まだあどけない顔立ちだが、双眸《そうぼう》はまるで年老いた人のような苦渋が滲《にじ》み出《で》ていた。その少年は、王宮に来たのは初めてなのに興奮した様子も緊張した様子も見せなかった。アルフレッドと対面した時も、にこりともせず、まっすぐ見つめ返してきた。

「王に拝謁する際は……」

レイモンドが見かねて口を挟んだが、アルフレッドはそれを制した。司祭である彼は、いわば光魔法の血族のトップに位置する。無理に従わせる気はなかった。

「君の名は？」

アルフレッドはデスクに座ったまま、目の前に立った少年に聞いた。

「アカツキです」

アカツキと名乗った少年は、静かに答える。レイモンドはアカツキが気に食わないのか、何か言いたげな表情で横についていた。

「アカツキか。司祭である君が何の用だろう？」

アルフレッドは興味深げに聞いた。

「頼みがあります。ここにオボロの身体から取り出した、竜の心臓がありますよね？」

アカツキは淡々と切り出した。アルフレッドは口元に笑みを湛《たた》えたまま、じっとアカツキを見つめた。オボロの身体から取り出した竜の心臓について、誰から聞いたのだろうか？　マホロだろうか？

「オボロというのは、闘いに巻き込まれて亡くなった光魔法の少女のことかな？　君とはどういう関係だったのだろう？」

アルフレッドはわざと子どもに対するような目つきと口調で話しかけた。案の定、アカツキは苛立ちの気配を滲ませた。彼は自分を大人だと思っており、子ども扱いされるとプライドが傷つけられるのだ。

「僕に――いえ、私の心臓にそれを埋めてほしい。移植技術のある医師がいるでしょう？」

アカツキは自分の胸を示し、堂々と言い切った。レイモンドの顔色が変わり、アルフレッドは目を瞠《みは》った。

竜の心臓を移植する――かつてマホロが子どもの頃に行われた違法な手術だ。当時の資料を見るとマホロ以外の子ども十名は全員死亡している。

「さて。竜の心臓とは何の話かな。確かにオボロという少女から取り出した不思議な石はあるよ。でも、あれが竜の心臓とは思えないな。竜の心臓があんな虹色に光る石であるわけがない」

アルフレッドは小馬鹿にするような笑いを浮かべながらアカツキに答えた。するとアカツキはにやりと笑い、目を細めた。

「何も知らないんですね。あれは魔法石をたくさん食べた竜の心臓ですよ」

「何と、そうだったのか」

アカツキの返答にアルフレッドはわざと驚いた声を上げた。とたんにアカツキは尊大な態度で、「竜に大量の魔法石を食べさせるんです」と語りだした。少し優越感を与えるだけで、簡単に情報を漏らす。大人びたふりをしているが、やはり子どもだ。それにしても竜に魔法石を食べさせるなんて、正気の沙汰じゃない。魔法石がどれくらい貴重か知っているのだろうか？

（ジークフリートは大量の魔法石を奪っていった。まさか、竜に食わせるために……？）

ちらりとレイモンドに目配せすると、レイモンドも今の会話を聞いてアルフレッドと同じ思考に至ったのが分かった。

「なるほど。魔法石を食べた竜の心臓はあんなふうに変容するんだね。その石を移植すると、マホロのように君は短命の運命から逃れられると？」

どこか勝ち誇ったような顔をしているアカツキに、アルフレッドは首をかしげて聞いた。

「そうです。僕ならきっと、あの石を受け入れられる。オボロやマホロみたいに」

アカツキは強気に述べた。だがその態度からは、ほんの少しだけ不安が窺《うかが》えた。絶対的な確信というわけではないのだろう。司祭になる資格についてアルフレッドは知らないが、これまで司祭の地位に就いた光魔法の者は皆手術を成功させたと資料に書かれていた。

「それで——その見返りに何を？」

アルフレッドは面白さを隠し切れずに口の端を吊り上げて尋ねた。

「え？」

それまで強気一辺倒だったアカツキが、初めて年相応の顔を見せた。自分が場違いな場所にいるのに気づいたような不安げな顔だ。

「違法な手術だ。王とはいえ気軽に命じられるものではない。何故俺が君にそんな手術をしなければならない？　それ相応の見返りはあるんだろうね？」

アルフレッドは一転していつも臣下に見せる厳しい態度になった。急に圧を加えたアルフレッドにアカツキはたじろいだ。十三歳の少年らしい、焦ったそぶりで乾いた唇を舐《な》める。

「ぼ、僕は光魔法の司祭で——僕に手術をすれば僕は長生きできて——」

アカツキはうろたえたように言葉を募らせた。自分の頼みを聞いてもらって当たり前だと思い込んでいたのだろう。見返りなどと言いだしたアルフレッドを軽蔑するみたいに目を吊り上げてきた。

「僕は未来を見通す力を持っているんだ！　そんな僕の命が残り少ないなんて、宝の損失だと思わないのか⁉」

苛立ったアカツキが怒鳴り、室内には荒々しいアカツキの呼吸音だけが響いた。

「それはとても可哀想だねぇ」

アルフレッドは動じるアカツキを憐れむように囁《ささや》いた。その言葉にアカツキはカッとなったが、歯ぎしりをして必死に考え込んだ。

「ぼ、僕は未来を見通せる……っ、お前の未来や王国の未来を教えてやれるぞ、知りたいだろう？」

アカツキが上目遣いで言うと、アルフレッドは小さく肩をすくめた。

「特に興味はないな」

「え……っ、何で……⁉」

アルフレッドの返事は思いもしないものだったのだろう。アカツキは急に子どもっぽい言葉遣いになった。

「未来というのは、自分が取捨選択した先に現れるものだよ。そんなものを先に知って、どうする？　つまらないことこの上ない。それに俺は王国の未来も自分の未来も、何が何でも長続きさせたいと思っているわけではない」

アルフレッドはすっと立ち上がり、優しくさえ聞こえる言い方でアカツキに語りかけた。デスクを回ってアルフレッドはアカツキの前に立ち、見下ろした。自分よりも背が高く、威圧感のあるアルフレッドを前にして、アカツキはもじもじと自分の衣服を弄《いじ》り始《はじ》めた。

「そんな……それじゃ僕はどうすれば……」

途方に暮れたように呟くアカツキの肩に、アルフレッドは大きな手を置いた。そっと長椅子に促し、並んで腰を下ろす。

「そんなものより、俺は水晶宮の中を見てみたいんだ」

アカツキの肩を抱き、アルフレッドは耳元で言った。くすぐったそうにアカツキはアルフレッドを振り返る。

「え、そ、そんなことでいいの……？」

アカツキにとって交渉の材料にさえならないと思っていたもの。アルフレッドの望みはアカツキには道端に咲く雑草と同じくらい些細なものだ。

「では交渉成立だね。ただし、手術の前に見せてくれ。君に万が一のことがあったら約束は履行されないだろう？　無論、君は司祭だし、万が一などないだろうけど」

アカツキの目をじっと見つめ、アルフレッドは言葉巧みに誘導した。

「も、もちろんだよ！　分かった、手術の前に見せてあげる。あんなところが見たいなんて、王様は変わっているなぁ」

アカツキの言葉遣いや態度に変化が現れた。いつの間にかアカツキはアルフレッドを頼れる大人として接し始めた。もともと大人の男性に対する免疫がないのだろう。大きな力を持つ男性が、

自分の肩を抱いて優しく話してくれるのが嬉しくなっている。

「君とは長いつきあいになりそうだな」

アルフレッドはアカツキと手術の日取りを決め、他愛もない会話で心を解きほぐした。侍女がお茶とケーキを運んでくると、アカツキは生まれて初めての飲食に、おっかなびっくり紅茶を口に含んだ。光魔法の血族が物質から解放された生活を送っているというのは本当らしい。水晶に触れるだけで腹が満ち足りるなんて、ますます興味をそそられる。

レイモンドに頼んでアカツキを水晶宮へ送ると、アルフレッドは長椅子に寄りかかって思い出し笑いを浮かべた。

「陛下、司祭を送り届けてきました」

しばらくして執務室に戻ってきたレイモンドは、どこか不満そうに目を眇《すが》める。

「……同じ光魔法の血族でも、マホロとはずいぶん違うようですね」

レイモンドはアカツキが気に食わなかったらしい。

「司祭になって力を得て、万能感に酔っている子どもだよ。可愛いものじゃないか」

アルフレッドは手のひらの上で転がされた少年を思い返して、笑いを漏らした。水晶宮に大人はいない。つまり指導する者がいない。その中にあって未来を見通せる力を得たら、おかしくなっても仕方ない。

「それにしても、よかったのですか？　王国の未来や自分の未来を先に知っていれば、危険は回避できるのでは？」

レイモンドはアルフレッドに促されて、向かい合った長椅子に腰を下ろして言った。

「情報は信頼のある者から聞く分には有効だが、あの少年ではな。マホロからなら聞きたいが」

アルフレッドは口元に笑みを湛えた。マホロとの出会いは、アルフレッドにとって大きな力になった。純粋で人を疑うことを知らないマホロは、いともたやすくアルフレッドの口車に乗り、絶対服従の呪法を受け入れた。自分の価値に気づいていない、愚かな行為だ。可愛くて愚かなマホロを、アルフレッドは気に入っている。ノアという厄介な恋人がいなければ、間違いなく自分のものにしていただろう。

「未来を見通せると言っていたが、どうやら自分の手術が成功するかどうかは知らないようだったな。自分のことは見通せないのか、あるいは未来を視《み》るのは簡単なことではないのか」

アカツキの言葉を注意深く聞いていたが、彼は一度も手術が成功するとは言わなかった。それでも手術をしたいと望むのは、自分の死期が近づいていると分かっているからだろう。

「竜に魔法石を食べさせていたというのも驚きでした。マホロは知っているのでしょうか?」

レイモンドはかすかに不満げな空気を漂わせて、顎《あご》を撫でた。

「知っているかもしれないね。それについては深く詮索《せんさく》しなかったから」

「これまで我々は、ジークフリートたちが魔法石をどこかに隠し持っていると思って捜索してきました。けれど、もし奪った魔法石が竜に食べ尽くされていたなら……」

ゾッとしたようにレイモンドが頭を抱える。現在、魔法石の数は激減している。もともと数年前から鉱山での採掘量は減りつつあった。今後の魔法石の扱いは慎重にならざるを得ない。

「このことをマホロに話すのですか？」

考え込んでいるアルフレッドに、レイモンドが尋ねた。竜の心臓を埋め込む移植手術に関しては、マホロはトラウマを抱えている可能性が高い。わざわざそこをつつく必要はない。

「聞かれたら答えればいい。さて、そろそろ就寝するよ」

アルフレッドはあくびして腰を上げた。小さな来訪者のおかげで睡眠時間が減った。自分には山積みの仕事が明日も待っている。

水晶宮を見学できる日を心待ちにして、アルフレッドは執務室を出ていった。

2 こじれた関係

ノア・セント・ジョーンズと王族のナターシャ王女殿下が婚約したという話は、あっという間に社交界に広まった。

最初その話を聞いた時、マホロは何かの間違いだと信じなかった。あれほどナターシャとの婚約を嫌がっていたノアが、受け入れるわけないと思ったのだ。けれど数日が経ち、噂が真実だと知ると、マホロは動揺を隠せなかった。

「あからさまな政略結婚ですね。魔法士の間でもすごい噂になっていますよ」

マホロの護衛のひとり、ヨシュア・ノーランドは食堂で昼食をとる際にそう教えてくれた。ヨシュアは眼鏡をかけた理知的な青年で、魔法団の魔法士だ。食堂でもノアが王家と縁を持った話でもちきりだ。マホロに同情めいた眼差しを向ける人も多くて、外を歩くのが嫌になるほどだった。

「マホロ、気にすんなよ？　何か事情があるんだろ」

もうひとりの護衛であるカーク・ボールドウィンはステーキ肉にかぶりつきながら、マホロを案じて言う。カークは小柄ながら、しっかり筋肉のついた青年で、ヨシュアと同じく魔法団の魔法士だ。

「大丈夫ですよ……心配かけてすみません」

サンドイッチに手を伸ばして、マホロは苦笑した。

ノアとは別れたのだから、ノアが誰と婚約しようとマホロには何か言う権利はない。ただ驚いただけだ。両者の結婚はナターシャの成人後とされている。以前、国王陛下であるアルフレッドにナターシャが成人できるか確認された。ナターシャの病気は治癒したものの、寿命は延ばせなかった。成人できないと知った上で、アルフレッドはノアとナターシャを婚約させた。

（王女殿下は俺とノアがつきあっていたのを知っているのかな？　俺は……どんな顔で王女殿下に会えばいいんだろう？）

もやもやした思いがずっと胸にある。

マホロは知《し》らず識《し》らずのうちにため息をこぼした。


マホロは光魔法という特殊な血族の生まれだ。

自分が光魔法の血族だと知ったのは、ローエン士官学校に入り、ジークフリートの起こした事件に巻き込まれてからだ。ジークフリートはマホロが世話になっていた五名家のひとつボールドウィン家の子息で、マホロにとって絶対的な主《あるじ》だった。

ローエン士官学校に入るまで、マホロは偽りの世界に生きていた。自分は親のいない孤児だと思っていたし、引き取られた先のボールドウィン家は立派な家門と信じていた。ひとり息子であるジークフリートがまさか闇魔法の血族で、この国を壊そうと企んでいたなんて夢にも思っていなかった。

六歳の頃から主として慕ってきたジークフリートは、仲間を率いて国に牙を剝いた。大量の魔法石を奪い、大勢の兵士や魔法士を殺戮《さつりく》した。大量殺人を犯す人とは一緒にいることはできない。マホロは自分を連れていこうとしたジークフリートの手を振り払い、彼と決別した。

ローエン士官学校に入ってから、多くの新しい出会いがあった。そのうちのひとりがノアだ。ノアは学年首席のオールラウンダーで、公爵家の次男という立場だった。加えてその美貌は誰もが目を奪われるもので、周囲の注目を浴び慣れていた。本人は他人を虫扱いする毒舌家だが、それでもなお他人を魅了する特別な人だった。

そんなノアから恋を語られ、マホロは彼と恋人になった。

ノアは甘く激しくマホロを愛した。その愛は深く、ギフトという異能力を授かった時、一番大事なものを奪っていく代償行為としてマホロの命が奪われかけたほどだ。

そんなノアは、実は闇魔法の血を引く王家のアリシア王女を母に持ったため、闇魔法の血を引いていた。

ノアは感情が爆発したり、大勢の人を殺《あや》めたりすると赤毛に変わる。ノアの中には火魔法と闇魔法の力が共存していて、本人にも制御ができないようだった。

マホロはノアを愛するようになって、彼を守りたいと願っていた。光魔法の力を使えるようになったマホロは、国王陛下であるアルフレッドに目をかけられ、多くの傷病者を治癒するようになった。

ジークフリートが一時国を混乱に陥《おとしい》れたものの、王国には平和が戻っていた。アルフレッドはマホロを聖者に仕立て上げ、国の重要拠点に向かわせようとしていた。その際に、ジークフリート一派であるオスカーが王宮に現れ、マホロをさらった。

マホロはさらわれた先で、捕らえられたジークフリートと再会した。ジークフリートは瀕死状態《ひんしじょうたい》で、両目はくり抜かれていた。ジークフリートの治療を頼まれたマホロだったが、アルフレッドと交わした絶対服従の呪法のためジークフリートを治すことはできなかった。代わりに他の光魔法の血族に治癒を頼むことになったが、そこでノアとジークフリートは仕組まれた出会いを果たすことになった。

ノアはジークフリートを私怨で殺した。ジークフリートは悪人であっても、マホロにとっては家族同然の存在だった。ノアは悪くないと分かっていても、マホロはノアの元に戻ることはできなかった。

ふたりが殺し合うよう仕向けたアカツキに関しては、マホロは深く思い悩んでいた。アカツキは光魔法の司祭になり、性格が少しずつ変貌していった。未来を何度も視《み》に行っているようだし、ジークフリートやノアといった闇魔法の血族を煙たがっている。

アカツキはジークフリートが死んだ今、ノアを始末すれば平和になると考えている。それは考え違いだし、止めたいと思うが、マホロには今のところなす術《すべ》がない。

そんな矢先、マホロの耳にノアがナターシャと婚約したという一報が入ったのだ。


季節は夏へと移ろっていた。

七月に入り、マホロは三年生に進級すべく試験勉強に励んでいた。ジークフリート一派にさらわれた話は伏せられ、マホロは王家の依頼のために休学していたことになっている。アルフレッドの計らいで、休学していた間の欠席は免除となっていて、出席日数的には問題はなかった。けれどその間の授業を受けられなかったので、ローエン士官学校に戻ってからは、休日を返上して補習授業を受けていた。

七月の半ばには、四年生の卒業式もある。現場実習で各地に赴いていた四年生が一度ローエン士官学校に戻り、卒業するのだ。

「ノア先輩はどこに就職するのかなぁ?」

図書館でノートを並べながら、友人のザックが言った。ザックは一年生の時に同室になって仲良くなったもじゃもじゃ頭の青年で、情報収集力がある。情報通の彼は四年生の学生がどこに就職するといった話を多く知っている。

「マホロは知らない……のか」

マホロの顔をちらりと見ながら、ザックが残念そうに首を振る。マホロがノアと別れたことを知っているはずだが、ザックはまだマホロたちが繋がっていると思っている。

「やっぱり魔法団かなぁ。実習も魔法団だったもんね」

土曜の午後、ザックと一緒に薬草学の復習をしていたのだが、ザックの関心はもっぱらノアにある。ふたりきりになると、さりげなく探りを入れてくるのだ。

「ザック。ノア先輩はナターシャ王女殿下と婚約したんだから、俺とはもう無関係だよ」

マホロはノートに薬草の種類や効能を書き留め、そっけなく言った。土曜の図書館はまばらに人がいて、多くの人は読書ではなく勉強に打ち込んでいた。静かで集中しやすい環境だからだろう。ザックも一応小声で話している。

「えー。だって、ナターシャ王女殿下はまだおこちゃまだよ? 明らかに愛はないでしょ? 僕はきっとノア先輩は王家の陰謀に巻き込まれたんだと思うね。それで泣く泣くナターシャ王女殿下と婚約を……今でも愛するのはマホロだけってね」

ザックはひとしきり妄想を語る。マホロは苦笑してノートを閉じた。陰謀に巻き込まれたかどうか分からないが、ノアが婚約を了承したのは、何かしらの理由があってのことだろう。その理由を知りたいかと聞かれると言葉に詰まる。今でもノアを見ると苦しいのに、ナターシャの婚約話が出てきて、ますます胸が痛むようになった。

ノアが今でも自分を愛しているのは、マホロも分かっている。

ジークフリートと一緒にいたマホロを見て心が乱されたのは、マホロへの愛が残っていたからだろう。森の人の住む村でマホロが目覚めた時、ノアはマホロにキスをして無事を喜んでくれた。マホロを激しく拒絶した時だって、根底にはずっと愛があった。

(俺はこれ以上、ノア先輩と一緒にいないほうがいいかもしれない)

ノアと自分との関係を考えるたび、マホロはそんな思いを抱くようになった。

ノアが心を狂わされるのは、結局、マホロが絡んだ時なのだ。他人はどうでもいいノアだが、マホロにだけは感情を動かす。マホロが危険な目に遭えば、異能力を使ってでも危険を取り除こうとする。

(ノア先輩がこれ以上闇魔法の力に引きずられないようにするには、俺という存在が一番厄介なのかも……)

ノアといる時はまったく思わなかったことだが、離れてみてそれが理解できた。自分はノアにとって諸刃《もろは》の剣《つるぎ》なのだ。悪いほうに転がれば、ノアを第二のジークフリートにしてしまう。

森の人の住む村で別れて以来、ノアとは一度も会っていない。クリムゾン島にいるのかどうかさえ知らない。ヨシュアやカークもノアの居所については口にしないし、自分から聞くのも躊《ちゅう》躇《ちょ》していた。

「くわしい話は知らないけどさ。ノア先輩とマホロは運命の恋人って感じだったし、僕としては仲直りしてほしいなぁ。まぁ貴族間の話は僕には難しいけど」

ザックに話しかけられ、物思いに沈んでいたマホロは顔を上げた。平民のザックはマホロを元気づけようとしてか、にこっと笑いかけてくる。

「ザック……」

「それとは別にさ、僕たちもそろそろ実習先について考えなきゃだよね。三年生に上がったら、進路票を出さなきゃいけないんだって。マホロは四年生の実習先どうするの？」

話題をずらしたザックに、マホロは頬杖をついた。

そうなのだ。三年生に進級したら、その先の進路についてある程度決めなければならない。ローエン士官学校生の実習先はいくつかある。魔法団や近衛騎士、陸、海、空軍や魔法研究棟、薬学棟などだ。人気があるのは魔法団と近衛騎士で、どちらも魔法の成績がよくないと許可されない。

「マホロは王家から打診がきてるんでしょ？　宮廷魔法士なんて、ふつうじゃ実習先としてありえない場所だけどね」

ザックが羨《うらや》ましそうに言う。アルフレッドからは卒業後はぜひ宮廷魔法士として働いてほしいと言われている。宮廷魔法士はかつて薬草学を担当していたシリルが就《つ》いていた名誉ある職だ。魔法士の中でも特に優れた魔法使いだけが選ばれる。

「まだ決めてないいけど……」

マホロは薬草学が好きなので薬学棟での実習も考えているが、アルフレッドから求められている以上、宮廷魔法士として一年間を過ごすのがいいのだろう。アルフレッドは決して命令はしなかったが、国王からの頼みを断るという選択肢はない。

「多分、そうなるかなぁ。ザックは？」

マホロは悩ましげに言った。宮廷で働くのに二の足を踏むのは、天敵ともいうべきアリシア妃がそこにいるからだ。顔を合わせる機会が増えたら、どうなることか。

「僕は魔法団に入りたいけど、実力的に軍に行かされるかなぁ。憧《あこが》れの白の制服着たいなぁ」

ザックは夢見がちに答える。魔法団の白い制服はどこに行っても目立つ。華やかで洗練されている。

「ま、そのためには試験をパスしなきゃね」

ザックは鐘の音を聞き、開いていたノートを閉じた。二年生最後の試験は科目が多いので大変だ。お互いにがんばろうと励まし合い、マホロはザックと図書館を後にした。


日曜日には王宮から呼び出しを受けて、マホロはアルフレッドの執務室に向かっていた。今日の護衛はヨシュアだけだ。ローエン士官学校の制服を着て王宮を歩くのも慣れてきて、マホロが城の廊下を歩いていると声をかけてくる人も増えてきた。特に近衛騎士や衛兵は、マホロに畏敬の念を抱いており、王族に対するような礼儀でもって接してくる。それにはなかなか馴染《なじ》めなかった。

「マホロ、陛下のところへ行くのか?」

廊下で声をかけてきたのは、ローエン士官学校の四年生であるレオン・エインズワースだ。金髪に青い瞳、精悍《せいかん》な顔立ちの青年で、マホロにとっては頼れる先輩だ。レオンからは告白されたことがあるのだが、マホロはそれに応《こた》えられなかった。その後は何事もなかったようにマホロに話しかけてくれて良好な関係を保っている。レオンは近衛騎士の実習中で、制服姿がすっかり板についている。

「レオン先輩。はい、多分打ち合わせだと思います」

マホロは自然と微笑みを浮かべた。すると偶然にも廊下の向こうから王妃であるローズマリーが侍女と共に現れた。ローズマリーはレオンの妹だ。

「まぁ、お兄様、マホロ様。お会いできて嬉しいですわ」

ローズマリーはマホロとレオンに気づくと、薔薇《ばら》のような微笑みを浮かべて近づいてきた。ローズマリーのドレスは締めつけるものではなく、ゆったりとしたものに変わっている。お腹《なか》の赤ちゃんは順調に成長しているのだろう。

「ローズマリー様、ごきげんよう。お変わりありませんか?」

マホロはローズマリーに一礼して、尋ねた。マホロの質問にほんの少し侍女たちの顔が曇る。

「マホロ様の教えをしっかり守っております。銀の食器やグラスを必ず使うようにして。ただ、どうしても私や侍女の目が行き届かないこともあるので」

ローズマリーは扇で口元を隠し、一瞬だけ厳しい顔つきになった。レオンも口をぎゅっと結び、身体を強張らせる。おそらくどこかで毒が検出されたのだろう。光の精霊王はローズマリーが毒殺される危険性を示唆していた。

「元気な御子《みこ》がお生まれになりますように」

マホロは心を込めて言った。ローズマリーとは世間話をして、別れた。レオンはちょうどアルフレッドに会う用事があるので、マホロを執務室まで送るという。

「でしたら、私は少し離れても大丈夫でしょうか？　魔法団に用事があるので。すませたらすぐに戻ってまいります」

ヨシュアはレオンがいれば王宮内は大丈夫と思ったのか、レオンの了承を得て立ち去った。マホロはレオンとふたりきりで、王宮の長い廊下を歩いた。

「マホロ……その、大丈夫か？　ノアの婚約の件……」

軽く咳払いして、レオンがマホロを労《いたわ》るように切り出した。ノアがナターシャと婚約した件は周知の事実だ。レオンはマホロがノアと別れたことを知っているはずだが、それでも気になったのだろう。

「大丈夫ですよ」

マホロは苦笑して、少し足を速めた。周囲の人間に気遣われるたび、マホロも困ってしまう。

「そうか……。まぁ貴族間では好きな者同士で結婚できるのが稀だからな」

レオンはちらちらとマホロに目を向けた。

アルフレッドの執務室につき、レオンは衛兵に挨拶《あいさつ》をしながら執務室のドアをノックした。ほどなくして「入れ」という声がかかり、マホロはレオンと共に部屋に入った。

「セント・ジョーンズ公爵、いらしてたのですね」

マホロの前にいたレオンが、執務室の長椅子に座っていたセオドア・セント・ジョーンズに、一礼する。セオドアはノアの父親で、軍部のトップを任されている剛腕の中年男性だ。厳《いか》めしい顔つきに、きっちりと軍の制服を身にまとい、背筋を伸ばして座っている。マホロは何度か会っているものの、気安く会話する関係ではない。

「お久しぶりです」

マホロはセオドアの鋭い眼光を浴び、慌てて頭を下げた。セオドアがいるなら邪魔だろうとマホロは後ろへ下がったが、執務室のデスクに座っていたアルフレッドが立ち上がって、長椅子に座るよう促された。

「陛下、この書類の件なのですが」

レオンは用事を先にすませようとしてか、持っていた書類をアルフレッドに手渡す。アルフレッドは鷹揚《おうよう》に頷いて、書類を受け取った。

「マホロ、よく来た。セオドアは君を待っていたんだ」

書類をデスクに置き、アルフレッドが回り込んできた。アルフレッドはマホロの隣に並んで座ると、レオンを部屋の隅で待機させて、話を切り出してきた。

「マホロ、セオドアが君の後見人になりたいと言っている」

マホロはびっくりしてセオドアを見返した。後見人は保護者のいない人を公的に守る役目を負う。かつてはサミュエル・ボールドウィンがマホロの後見人だった。

「君はとてもあやうい立場にいるからね。今後、利用しようとする輩《やから》も増えるだろう。俺はセオドアなら後見人として信頼できると考えている。どうかな？　君にとって悪い話ではないと思うが」

　アルフレッドに優しく説明され、マホロは戸惑いを隠し切れなかった。公的な保護者ができるのは今後独立する際に役立つだろうが、それをセオドアに頼むとは思いもしなかった。

「で、ですが……そのぅ、俺は……ノア先輩とはもう……」

　マホロは上目遣いで言葉を濁した。ノアと別れたのに、その父親に後見人を任せるのは二の足を踏む。

「息子は関係ない。君がノアと別れようとくっつこうと、私にはどちらでもいいことだ。後見人だからといって私の屋敷に住む必要もないし、基本的に自由にしていい」

　厳《おごそ》かにセオドアが言い、マホロはそんなものかと目を丸くした。確かに、これまでもセオドアはマホロに何も言ってこなかった。

「セオドアが後見人として適当ではないかと俺が頼んだんだ。軍部の最高責任者で公爵でもある彼なら、マホロに手を出す愚か者を排除できるからね。どうかな？　後見人といっても、今までの生活と何ら変わりない。君の自由を奪うような真似はさせないよ」

　淡々とアルフレッドに説明され、マホロは「はぁ」と曖昧《あいまい》な返事をした。アルフレッドは契約書を広げる。

「マホロさえよければ契約書を取り交わそう。実を言うと、ノアが君の後見人になりたいと言いだしてね。公的な関係を作りたいのだろうが」

「えっ」

思いがけない話に、マホロは固まった。

「それは……お断りいたします」

マホロはうつむいてはっきり言った。ノアに後見人をしてほしいなんて思ったことは一度もない。そんなものはノアに求めていない。

「そう言うだろうと思っていたよ。ノアとのこともあるから、セオドアに後見人を頼むのは躊躇するかもしれないが、セオドアが公私の区別がつく人間であることは保証する。もしセオドアが嫌なら、他にふさわしい者を紹介しよう。ともかく早急に後見人を立ててもらいたい。君の名は国中に知れ渡るようになってきたから、守る人が必要だ」

親身な口ぶりでアルフレッドに言われ、マホロは契約書に目を通した。だが、簡単に決められる問題ではない。

「陛下、その辺で。マホロ、私を選ぶかどうかはじっくり考えるといい。後見人になった暁《あかつき》には君が不利益を被《こうむ》ることのないように、君を尊重すると約束する」

セオドアは無表情のままマホロに告げた。愛想はまるでないが、セオドアが嘘のない実直な人間というのは知っている。

「でも……どうして俺を？　何か得になることがありますか？」

マホロがためらっているのは、セオドアに後見人になってもらっても自分が役に立つか分からないからだ。一方的に守ってもらうことに、不安がある。

「ずいぶん謙虚だな。その性質では、簡単に貴族の餌食になるぞ」

セオドアの目が光り、マホロはどきりとして身をすくめた。

「君は自分の価値を知るべきだ。君がいれば、大概の怪我《けが》は治せる。それだけで十分だろう。そうだな、私は新しく妻を迎えた。彼女の身は常に危険にさらされている。万が一の場合は君に彼女を助けてもらいたい。これで納得できるか？」

セオドアの口調が少し柔らかくなり、マホロも思い当たった。セオドアはミランダ・ラザフォードと再婚した。ノアの実の母親であるアリシア妃はセオドアに執着していて、ずっと後妻の立場を狙っていた。そのセオドアが新しい妻を迎えて、アリシア妃は烈火の如《ごと》く怒り狂っている。ミランダをひそかに暗殺しようと考えても不思議ではない。

「それくらい、いつでも助けますが」

マホロは当然だと言わんばかりに答え、セオドアと視線を合わせた。セオドアはどこか困った子どもを見る目つきでマホロを見つめた。

「すぐに返事はしなくていい。契約書をよく読んで、考えるように」

セオドアはそう言って、腰を上げた。マホロは契約書を受け取り、神妙に頷いた。

「では陛下、失礼いたします」

セオドアの用事はすんだのか、軽く会釈して執務室を去っていった。アルフレッドは侍女を呼び、三人分のお茶を用意させる。レオンが呼ばれ、マホロたちと向かい合わせになる。

「セオドア様が後見人というのは適していると思う」

レオンは肯定的な意見のようで、マホロに語りかけてきた。セオドアが信頼できる人間なのはマホロもよく知っている。後見人がいれば、この先、楽になるだろうということも。ノアとの関係がなければ、すぐさま飛びつくべきいい話だ。

「八月にはまた巡礼に行ってもらう。マホロ、功績を挙げている君に王家から贈り物があるよ」

三人になって気安くなったのか、アルフレッドはリラックスして背もたれに身体を預ける。

「贈り物……ですか？　もう十分すぎるほどいただいておりますが……」

紅茶に口をつけて、マホロは恐縮した。毎回巡礼のたびに多すぎる金子《きんす》をもらい、旅先の貴族や商人からは高級な品物を贈られている。

「これは受け取っておきなさい。王都に家を持つつもりと聞いた。手配した屋敷があるから、そこに住むといい」

いきなり屋敷を贈ると言われ、マホロはむせ込んだ。

自分の働いた対価で家を持つつもりが、王家から屋敷を賜《たまわ》るなんて行き過ぎている。

「そ、それは陛下……」

「というか、君の身は保護しておきたいから、こちらで手配させてほしい。この後、時間があるなら屋敷へ案内しよう。ああ、無論、使用人もこちらで手配するから心配しなくていい」

あっけらかんと言われ、マホロは分不相応すぎて何も言えなくなった。冗談であってほしかったが、その後魔法団団長とヨシュアが現れ、マホロは用意された屋敷に連れていかれた。

王都の中心地より少し外れた場所にある石造りの屋敷が、アルフレッドからの贈り物だった。

庭も広く、建物もしっかりしている。いくつも部屋があるし、すでに家具は立派なものが揃っていた。何でも没落した伯爵家の屋敷だったそうで、王家が買い取り、手直ししたそうだ。

「こ、こんなすごいとこに俺が……？」

学生の身のマホロが主になるような屋敷ではない。マホロが尻込みすると、団長がおかしそうに笑いだした。

「マグナ・ステラが住むにふさわしいと思うが？　来月には夏季休暇があるだろう？　ためしにその間住んでみたらどうだ？」

からかうように言われ、マホロは顔を引《ひ》き攣《つ》らせた。マグナ・ステラとはマホロが巡礼先で呼ばれている名だ。奇跡を起こす聖者が来たと、どこの都市に行っても歓迎される。

「そう……ですね……」

マホロのものになるのは決定事項らしく、もはや拒否できない。

「使用人はすでに住んでいる。全員厳正な審査を受けた者たちばかりだ。お前の世話をしたいと希望する者が多くてな。聖者としての知名度がぐんぐん上がっているせいだろう。陛下の想定以上の効果が出ているようだ」

屋敷の中へ入り、団長が言う。マホロは知らなかったのだが、屋敷では掃除をしているメイドがいて、マホロたちを見るなり、目を輝かせて近づいてきた。

「ああ、マグナ・ステラ！　お待ちしておりました！　お目にかかれて光栄でございます！」

メイド服を着た中年女性の熱意に、マホロはたじろいで後ろにいるヨシュアにぶつかった。奥からメイド服を着た女性と使用人らしき男性がわらわらと集まってくる。使用人の数は男性四名、女性三名で、屋敷を取り仕切る執事はマホロが知っている人物だった。

「マホロ様、お久しぶりでございます」

丁重に挨拶をしてきたのは、セオドアの屋敷で働いていたルークだった。ルークはノアの従者をしていたテオの父親でもある。

「ルークさん！　何故ここに？」

びっくりしてマホロが聞くと、ルークが胸に手を当ててお辞儀する。

「セオドア様のご命令で、こちらで執事として働くことになりました。至らぬ身ではございますが、マホロ様のお力になれるよう尽力してまいります」

ルークは公爵家で働くにふさわしい能力の高い執事だ。セオドアの屋敷には執事長もいるが、やがて執事長になるような人に自分の屋敷を任せるなんて申し訳ない。そもそもセオドアの後見人を受け入れるかどうかもまだ決めていないのだ。

「あ、あの俺は嬉しいですけど、いいんでしょうか……。俺なんかのために……」

マホロがおずおずと口にすると、ルークがにっこりと微笑む。

「ご謙遜を。マホロ様のお務めはよく存じております。栄誉ある仕事です。我ら一同マホロ様のお帰りを心待ちにしております」

ルークにそう言われ、マホロは気おくれしつつ礼を言った。その後くわしい話を聞くと、後見人にセオドアを指名しなかった場合は、別の人が来るので気にしなくていいと言われた。ルークの給金はセオドアから、使用人の給金は王家から出ているようだ。至れり尽くせりの状態で、マホロはうろたえた。

「夏季休暇までには部屋を整えておく予定です。家具や壁紙、お好みなどをお教え願えますか？」

ルークは屋敷で一番広く日当たりのよい部屋にマホロを案内すると、あれこれと要望を聞いてきた。屋敷の料理人であるダグラスという中年男性も来て、マホロに食べ物の好き嫌いを聞いてくる。使用人に面通しをしたり、屋敷のあちこちを見て回ったりしているうちに、この屋敷の主は自分なのだという実感が湧いてきた。

「あの、皆さん、よろしくお願いいします」

屋敷で数時間過ごした後、マホロは帰り際に使用人たちに頭を下げた。すぐさまルークが「マホロ様、どうぞ頭をお上げ下さい」とマホロを止める。

「あなたはこの屋敷の主なのですから、我々に命じてくだされよろしいのです。頭を下げる必要などございません」

ルークに主としての心得を聞かされ、マホロは慣れないながらも頷いた。少し前まで平民だった自分には、他人を使うのは難しい。

団長と共にクリムゾン島へ戻る中、マホロは自分にも帰る場所ができたんだなぁと感慨深い思いを抱いた。

ローエン士官学校の寮に戻ると、マホロは契約書を何度も見返した。マホロにとって有利な条項が多く、冷静に考えればこの話を蹴るなんてありえない。けれどマホロはまだセオドアを後見人にするかどうか決めかねていた。

　セオドアと公的な関係を持つということは、この先もノアと顔を合わせる機会が増えるということだ。そのたびに胸が痛むのではないかと、迷いが生じていた。それにノアがどう思うかも気になる。

（ノア先輩とこんなにこじれた関係になるなんて思わなかった……）

　仲良く過ごしていたのが遠い日々に思えるくらい、今の自分たちの状況は複雑だ。次にノアに会った時、どうしていいか分からないほどに。好きというだけで一緒にいられた日々が懐《なつ》かしい。

　最後に顔を合わせた時、マホロはノアを責めてしまった。ジークフリートを殺された事実をどうしても受け入れられず、悲しみのあまり怒りをノアにぶつけた。ノアからすればマホロを助けに来ただけで、ジークフリートを殺したのはアカツキに仕組まれたせいなのだ。ノアを守りたいが、自分が傍にいればいるほど不安要素が増えるのも事実だ。

　悶々《もんもん》と悩む日々が続いた。ヨシュアの話では、ノアは王都警護に回されていて、クリムゾン島にはいないらしい。会わなくてすむことにホッとしている反面、恋しく思う日もあった。

　そうしているうちに、四年生の卒業式が近づいた。

　二年生最後の試験が終わると、学生たちは夏季休暇へ心を飛ばす。マホロも無事試験をパスして三年生に進級が決まった。

　卒業式の前日には、地方へ行っていた四年生たちがぞくぞくとクリムゾン島へ戻ってきた。島内は賑《にぎ》やかな空気になり、マホロたちは卒業式の講堂の飾りつけに勤《いそ》しんだ。

(ノア先輩……来るんだろうか)

久しぶりにノアを見られるかもしれないとあって、マホロの気持ちはざわついた。


八月十日の卒業式、朝からクリムゾン島は高揚した雰囲気に包まれていた。

去年はジークフリートの件もあって聖堂でこぢんまりと行われた卒業式だが、今年は一般開放され講堂で執《と》り行《おこな》われることになった。ふだんは人の出入りが厳しいクリムゾン島も、この日だけは、卒業生の保護者二名まで式に参列するのを許されている。

「あまり出歩かないで下さいね。どこに何が潜んでいるか分からないので」

マホロの護衛を務めるヨシュアとカークは、寮を出た時からマホロに言い含めてくる。それも仕方ない。ジークフリートが亡くなったとはいえ、王都では闇魔法の血族であるフィオナとその仲間たちが事件を起こしている。彼らはまだ捕らえられておらず、警戒感が広がっている。

「まだレスターとオスカーが見つからないしな」

カークは観光客気分の保護者たちが中庭を歩いているのを目で追いつつ、嘆いた。レスター・ブレアとオスカー・ラザフォードはマホロと一緒にクリムゾン島へ竜に乗って侵入した。ジークフリートの怪我を光魔法の血族に治癒させるためだ。混乱の最中、マホロとジークフリートは立ち入り禁止区へ入ったが、ふたりはそのままどこかへ消えた。おそらくあの時、立ち入り禁止区に入れなかったのだろう。身を隠したふたりがどこへ行ったかは分からないままだ。魔法士や兵士が島内をくまなく捜したが、彼らは見つからなかった。島には隠れる場所も多いが、四方を海に囲まれているので、立ち入り禁止区に入れない限り身を潜め続けるのは難しい。

「竜は見つかったから、徒歩で移動しているはずですよね。レスターはひょっとして獣に変化して海を渡ったかもしれません。オスカーは強力な睡眠魔法を持っていますが、今のところ眠らされた魔法士はいません」

ヨシュアは現状を教えてくれた。あれから二カ月近く経っている。逃げ続けるにしても、オスカーもレスターもそれほど食料を持っていなかったはずだ。

「竜は……どうなったのですか？」

マホロは自分を乗せてくれた竜が気がかりで、つい案じる口調になった。竜を操っていたのは、竜使いのアンジーという男だ。竜を愛していて、闘いの場で使われるのを厭《いと》っていた。

「攻撃されて暴れたから殺されたみたいだ」

カークが肩をすくめて言う。あの時の竜が死んだと思うと、アンジーに申し訳ない気持ちになった。竜は、竜使いにすれば我が子のように大切な生き物だ。

沈痛な面持ちになったマホロを元気づけるために、カークが背中を軽く叩き、前方にザックがいると教えてくれた。

「おはよう、マホロ」

ザックがマホロに気づき、駆け寄ってくる。マホロはザックと講堂へ向かった。学生たちが周囲に増え、皆どこか浮かれた様子で話している。

講堂は校舎の南側にあって、マホロの入学式もここで行われた。回廊を通って講堂に入ると、すでに卒業生が大勢いて、久しぶりに会った学友と話し込んでいる。講堂内は騒がしく、マホロは落ち着かなくなった。

「ではマホロ、我々は少し離れます」

ヨシュアとカークが軽く手を上げて、講堂の壁際に移動する。マホロはザックと共に、在校生が座る席に向かった。講堂は舞台に向かって半円形の造りになっていて、一階席と二階席がある。全学生を収容できる大きさで、天井や壁には聖母をテーマとした絵が描かれ、舞台の上部には凝《こ》った意匠のレリーフが刻まれている。全体的に厳かな雰囲気の建物で、マホロはここに立つと身が引き締まる。

「マホロ、ここにすわ……」

二階席の椅子の前に立ったザックが、マホロの後ろを見て、顔色を変える。つられて振り返ったマホロは、階段を上がってくる卒業生に目を奪われた。

ノアがローエン士官学校の制服を着て、こちらに向かって歩いてくる。胸には白い薔薇をつけていて、卒業生だとひと目で分かる。ノアが歩くと周囲の在校生がすーっと道を開け、好奇の眼差しで注目してくる。マホロはその場に固まって動けなくなった。ノアはそこにいるだけで、周囲の人の視線を集める。美しさだけではなく、存在感が抜きんでているのだ。

「マホロ」

ノアはマホロの前に来て、低い声で呼んだ。

「は、はい」

マホロは緊張で顔を強張らせつつ、ノアを見つめ返した。すごく久しぶりに目を合わせた気がする。会いたかったのか、会いたくなかったのか、もはや分からなくなっていた。ノアは無表情で、マホロにどんな思いを抱いているか見当もつかない。

「式の後で、話がしたい。いいか？」

ノアにじっと見つめられ、マホロはぎこちなく頷いた。するとノアが少しだけ肩の力を抜き、目を伏せた。

ノアは用がすんだとばかり、踵《きびす》を返して去っていった。ノア様親衛隊が近くで騒いでいた。ザックは、マホロの背中をばんばん叩いて抱き着いてくる。

「ノア先輩、魔法団の制服もいいけど、士官学校の制服もかっこいいなぁ。きっとマホロと仲直りしたいんだよ！　ちゃんと話をするんだよ！」

ザックはひそかにマホロとノアの心配をしていたみたいで、目を吊り上げて何度も言ってくる。ノアがどんな話をするか知らないが、マホロは心構えをしておかなければならないと思った。自分の気持ちをノアに知ってもらいたい。そういう意味で、ノアが話をしたいと言ってくれて嬉しかった。自分たちに足りないものは話し合いかもしれない。

マホロは席について、騒ぐザックを窘《たしな》めた。一階席には卒業生がぞくぞくと入ってきて、その中にはレオンや見知っている先輩の姿もあった。

定刻通りに式が始まった。校長の挨拶が始まり、壇上に青い髪に白いスーツを着た校長が立つ。

校長はジークフリートの事件を始め、多くの出来事が起きたと語った。

「士官学校を卒業する君たちが、デュランド王国のためにその技能を役立てることを我々は願っている。どうか、善き人生を歩んでくれ」

校長は卒業生を見渡し、そう締めくくった。

次に宰相《さいしょう》が登壇し、訓示を述べた。他にも軍部の関係者や魔法士が卒業生へ今後どうあるべきかという話が続いた。

「次は在校生代表……、少々お待ち下さい」

司会を務めていた教師が、紙を一瞥《いちべつ》し、他の教師と何か小声で話し合う。何かあったのかと小さなざわめきが起きたが、司会の教師はすぐに名前を呼び上げた。

「在校生代表、フィッツ・ジャーマン・リード」

教師の呼んだ名前にマホロたちは首をかしげた。卒業式の在校生代表スピーチは、ジェミニ・ラザフォードが行う予定だった。体調不良だろうか？　代理役のフィッツは代理とは思えないほど滑らかに卒業生へ向かってエールを送った。

「卒業生代表、レオン・エインズワース」

司会の教師に名前を呼ばれ、レオンは堂々とした足取りで壇上へ進む。卒業生代表はレオンなのか。近衛騎士としてアルフレッドの傍にいるし、納得の人選だ。レオンはローエン士官学校で培ったものを実践でいかすべく努めると、レオンらしい言葉でスピーチを締めくくった。レオンの制服姿も久しぶりで、黒いローエン士官学校の制服を着ていると、年齢相応に見える。

(本当に卒業しちゃうんだなぁ。ノア先輩も……レオン先輩も……。本当なら、オスカー先輩だってあそこにいたはずなのに)

オスカーについて考えると、マホロは気持ちが沈む。明るくて優しい先輩だったのに、今や指名手配犯になってしまった。ノアやオスカーはマホロより長い期間オスカーと接してきた。彼らにも思うところがあるだろう。

式は順調に進んでいた。しんみりとした気分になった時、突然開いた入り口から何かが飛んできて、ハッとした。

『緊急警報、緊急警報。異常事態発生、演習場カラ校舎ニカケテ魔法士ガ昏睡《こんすい》』

尾の長い鳥が講堂の天井近くをぐるぐる回って、けたたましく鳴きだす。講堂内にいた者は慄《りつ》然《ぜん》とした。

「四年生は武器を持って外へ！　在校生は寮へ戻り、待機！」

校長がよく通る声ですぐさま指示を出した。周囲の学生はざわめきつつ命令に従うべく階段へ殺到する。何が起きたのだろう？　ジークフリートの残党が攻めて来たのだろうか？　鳥は魔法士が昏睡と言っていた。まさか――。

「マホロ！」

壁際にいたヨシュアとカークが人波をかき分けてマホロに駆け寄る。マホロはザックと共に二人と合流し、階段へ向かった。卒業式に参加していた保護者たちは軽いパニック状態だったが、士官学校生たちの急場の動きはきびきびしている。一階に下りると、すでに四年生は外に出ており、レオンとノアがマホロたちを探していた。

「マホロ、一緒に行動する。陛下からも命じられているから」

レオンはマホロの身を案じて、周囲を警戒しつつ言った。ノアは使い魔を出して、「ブル、様子を探れ」と命じた。ノアの使い魔である黒光りする身体のピットブルのブルは、鼻息を荒くしてどこかへ駆けだしていった。マホロも念のため使い魔のアルビオンを呼び出した。アルビオンは白いチワワで、危険を察する能力はマホロより高い。

「ジークフリートの残党でしょう。マホロやノア、レオンを攻撃してくる可能性は高いですね。安全な場所へ移動しましょう！」

ヨシュアが講堂の出入り口へ誘導しつつ声を張り上げる。講堂内のざわめきが大きくなっていて、大声を上げないとお互いに会話が聞き取れない。

「どこに身を隠す？　寮か？　校舎？」

カークが辺りを見回して問うた。演習場から校舎にかけて魔法士が昏睡していたとなると、敵が近くにいる可能性は高い。昏睡と聞くと、オスカーが脳裏に浮かぶ。まさかオスカーが卒業式に合わせて、レスターと共に残党を集めて襲撃しているのだろうか？　レスターは王家に不満を抱いていたが、士官学校生を襲うような真似はこれまでしたことがない。フィオナたちは王都で暗躍しているはずだ。

「君は寮へ」

ヨシュアがザックを気遣って、寮の前で背中を押す。ザックはマホロたちが気になる様子ながらも、自分の実力では足手まといになると察して寮へ入っていった。マホロは寮へ戻る気はなかった。自分がいることで、在校生に迷惑がかかるのは嫌だった。

「待て……っ」

校舎に向かって移動していたノアが、突然立ち止まり、手で顔を覆った。どこからか花の匂いがして、前方にいた学生が次々と倒れていく。マホロもヨシュアもカークもレオンも、何が起きたか即座に理解した。これはオスカーの異能力《誘惑の眠り》だ。かすかな花の匂いを漂わせる強力な睡眠魔法で、口や鼻だけではなく肌からも吸収すると抗いがたい眠りに誘《いざな》われる。

「やはりオスカーか……っ、この先は危険だ！」

レオンは急いで顔を覆い、使い魔を呼び出す。レオンの使い魔はしなやかな身体を持つドーベルマンだ。ノアとヨシュア、カークがいっせいに風魔法を使い、突風を起こした。風が一気に海側へ向かい、花の匂いを追いやる。

「匂いがないほうへ誘導しろ」

レオンが命じると、ドーベルマンは瞬時に方向を変えて走りだした。マホロたちはその後を追った。風向きの加減で北側にはまだ花の匂いはしない。ドーベルマンは講堂から離れると、時計塔の下を潜った。ふいに大きな鐘の音が聞こえて、マホロはびくっとした。昼十二時を知らせる鐘の音だ。

「カーク、私は武器を取りに行ってきます。マホロを頼みましたよ」

ヨシュアがカークに耳打ちし、別行動を取った。離れていくヨシュアを案じつつ、マホロはドーベルマンが図書館のほうへ軽やかに駆けていくのを追いかけた。アルビオンも小さな足で懸命に走る。

「開かずの間へマホロを隠すか？　あそこなら安全だろう」

ノアが思いついたように言う。開かずの間は図書館にある魔法の部屋だ。レオンもノアもマホロも入ったことはあるが、カークは知らなかったため本当に安全かどうか心配している。

「よし、風魔法で道を作る」

レオンも杖を動かし、周囲の風向きを変える。マホロの傍にいるので、魔法の威力が高まり、頬に暖かな風を感じた。

図書館の周囲は静かだった。図書館はドーム型の建物が三つあり、それぞれが渡り廊下で繋がっている。開かずの間があるのは、一番奥の持ち出し禁止書物がある建物だ。

渡り廊下を走っていたドーベルマンが、一番奥の建物の前で大きな声で吼《ほ》え始《はじ》めた。建物の前に背を向けて立っている学生がいた。マホロを始め、ノアもレオンも身を引き締めた。茶髪の背の高い学生が、ゆっくりと振り返る。

ローエン士官学校の制服を着たオスカーだった。いつものように口元に笑みを浮かべ、黒い眼帯をつけた姿で肩をすくめる。

「卒業おめでとう、ノア、レオン。借り物の制服だけど、俺も久しぶりに学生に戻れたよ」

おちゃらけた調子でオスカーが言い、ノアとレオンがマホロの前に立ちふさがる。オスカーはどこからか学生服を調達して紛れ込んでいたのか。そういえばジェミニの姿がなかった。彼はラザフォード家の人間だ。

「殺されに来たのか？　馬鹿な奴だな」

ノアは挑発するように腕を組み、オスカーを見返した。オスカーの周囲には、仲間がいるようには見えない。だが、どこかにレスターが隠れているかもしれない。マホロを守ろうとカークは剣を抜く。

「オスカー、もういい加減にしろ。どれだけ家門の人間に迷惑をかけたと思っているんだ！　お前の勝手な行動で、王族が何人死んだと思っている⁉」

レオンが怒りに身体を震わせ、怒声を浴びせた。近くにいたマホロは声の大きさに首をすくめたが、オスカーは動じることもなく笑っている。

「ははは、別にいいだろう？　聞いたよ、姉さんがノアの義母になったって？　こんなおかしい話ある？　ねぇ、ノア。もうミランダを義母《かあ》さんと呼んだ？」

オスカーは唇の端を歪めて、ノアを見据える。オスカーは姉のミランダがセオドアの妻になったという情報を得ていた。

「本当におかしいよね。何で俺が逆賊として国中から追われる羽目になって、俺より危険なノアが魔法団に入って国のために闘っている？」

昏《くら》い嗤《わら》いを浮かべて、オスカーが吐き捨てた。

「ノアは大勢人を殺したのに、どうしてまともなふりをしてそこに立っているんだ？　俺はね、ただのひとりも殺していないんだよ」

オスカーの声が徐々に不安定な響きを持ち始める。ぎらぎらした目つきでオスカーはノアやレオン、マホロを指さす。

「そうだよ、俺はひとりも殺してないんだ！　それなのに、何故俺は逃げ回って泥水をすっているんだ？　お前たちが卒業だって？　おかしいだろう、お前らはふたりともただの殺人者なのに!!」

オスカーが興奮した様子で叫んだ。卒業式という今日の日に、オスカーが現れた理由が何となく理解できた。オスカーは憤懣《ふんまん》を抱え、それを吐き出そうとしている。異能力で魔法士を眠らせ、マホロたちをここへ誘導した。学生服を着たオスカーがどこにいたかは分からない。けれど、オスカーがノアやレオンに怒りをぶつけたかったのだとマホロは察しがついた。

「自分を正当化する気などない。だが、お前は間接的に人を殺している。お前のギフトで多くの王族や魔法士、兵士が眠らされた。彼らがジークフリートたちに殺されるのを知っていただろう⁉　それでよく誰も殺してないと言えるな！」

レオンは怒りに声を張り上げ、腰の剣を引き抜いた。剣には魔力が宿り、レオンが何かの呪文を呟いたのが見て取れた。ドーベルマンやアルビオンがけたたましく吼え、オスカーを威嚇《いかく》する。いつの間にかブルも合流し、身構えている。

「オスカー、お前が誰を殺そうと殺してなかろうと、俺にはどうでもいい」

ノアも剣を手に、鋭い視線をオスカーへ向けた。

「だがマホロを勝手に連れていったことは絶対に許せない。その身で償ってもらうぞ」

ノアの剣に魔力が宿り、レオンとノアの身体に水と火の精霊が集まったのが分かった。オスカーはおかしそうに笑いだし、腰にかかっていた剣を抜いた。

「そうこなくちゃ。逃げ回るのは性に合わない。お前らと本気でヤり合いたいよ」

オスカーがそう言うなり、ぶわっと花の匂いが濃くなった。オスカーは異能力を発揮し、睡眠魔法を展開した。マホロは「離れろ！」とカークに引っ張られた。ノアとレオンは剣にそれぞれの家系の能力である火と水の精霊を宿し、オスカーに斬りかかった。ノアの剣には唸《うな》るような炎が巻き起こり、レオンの剣には水流が轟《とどろ》く。同時にカークが風魔法を使い、オスカーの《誘惑の眠り》を吹き流そうとする。

「近くに仲間がいるかもしれない！　マホロ、絶対に吸うな！」

カークは風魔法を四方に飛ばし、異能力の効力を阻止しようとする。マホロは杖を取り出し、カークと共に風魔法でノアとオスカーを援護した。

剣がぶつかり合う音が響く。火の精霊が集まったノアの剣がオスカーを焼き尽くそうとする。それを受け止めるオスカーの剣には、風魔法の精霊が宿り、火を跳ね返していた。そこへ水の精霊を伴ったレオンの剣が割り込み、オスカーの身体を斬りつけようとした。

「く……っ」

瞬時に放出された《誘惑の眠り》は、レオンとノアに影響を与えていた。剣の勢いが、二度、

三度と打ち合うたびに弱まっていた。レオンが眩暈《めまい》を起こしたように、オスカーの剣を受け止める。本来なら二対一でこちらが有利なはずなのに、強力な睡眠魔法で、ノアとオスカーは身体がぐらついている。それでもふたりは鋭い剣さばきでオスカーに挑みかかった。剣がぶつかり合う音が響き、火と水、風の精霊が入り交じる。

「ははは！　どうしたのさ、このままじゃ眠ってしまうよ？」

オスカーはふたりからの攻撃を剣と魔法で受け流し、煽《あお》る。ノアは頭を大きく振りかぶって、オスカーを睨《にら》みつけた。渾身《こんしん》の力を込めてノアがオスカーに斬りかかり、オスカーはその勢いに押されてノアと距離を取った。その瞬間を見逃さず、ノアは剣を持たないほうの手を伸ばす。

「うぐ……っ」

オスカーが振り上げた腕を変なほうに捻《ね》じ曲《ま》げる。オスカーの右腕から血が噴き出し、めきめきという嫌な音が発せられた。ノアは息を荒らげ、剣を持つ手に嚙みついて血を流す。襲いかかる眠りに抗うためだろう。ノアは異能力を使っている。

「う、ううぐ……っ！」

オスカーの右腕が変な形に曲がっていく。オスカーは苦しげに呻《うめ》き、なおいっそう花の匂いを強めた。

「レオン、離れろ！」

ノアが忌々しそうに怒鳴る。よろめいたレオンの頬に赤い筋がついた。ノアは《空間消滅》という異能力を使っていて、それは有機物を破壊する力がある。ただし、対象範囲は選べず、近くにいる者にも怪我を負わせてしまう。レオンは離脱しようとしたが、眠りに抗えず、数歩よろめいてその場に倒れた。

「ああ、鬱陶《うっとう》しい……っ、ノア、お前の傍にいる火の精霊が綺麗で、本当に嫌になる！　俺は、俺はお前を……っ」

右腕をだらりとさせ、剣を落としたオスカーは、歯を剝き出しにしてノアを睨みつけた。強力な花の匂いであふれかえり、さすがのノアも膝を折った。マホロは助けなければとカークの腕を振り払って駆けだそうとした。

その刹那《せつな》、銃声が響いた。

肉を突き破る嫌な音と共に、オスカーが胸から血を流してその場に崩れ落ちる。マホロとカークは思わず後ろを振り返った。

離れた場所にヨシュアがいた。ヨシュアは長銃を構えていた。異能力の及ばない場所から、銃でオスカーの心臓を正確に射貫《いぬ》いたのだ。マホロは風魔法でオスカーの《誘惑の眠り》を一掃すると、血を流し倒れているオスカーに近づいた。

オスカーは天を向き、痙攣《けいれん》していた。血はどくどくと流れ、地面に血溜まりができている。ノアはしきりに首を振りながら、オスカーを覗き込んだ。オスカーの命が尽きつつあるのが、手に取るように伝わってきた。シリルの最期《さいご》を思い返し、マホロは回復魔法を使おうとした。けれど、国に反逆したオスカーに回復魔法は使えなかった。

「俺は……俺、は……、ノアに……なりたか……」

オスカーは事切れる寸前、小さくそう呟いた。そしてがくりと首を傾け、命は絶たれた。マホロはその場にぺたんと尻もちをつき、オスカーを見つめていた。

オスカーが死んだ。少し前には笑っていた男が、今は物言わぬ屍《しかばね》になった。

オスカーが闘いたかった相手がノアだというのは、マホロにも察せられた。オスカーにとって、ノアは特別だった。それがどういう感情かまでは理解できない。愛とか憎悪といった単純なものではない。オスカーはマホロには計り知れない感情を抱えてずっと生きてきたのだろうか？　だからジークフリートに与《くみ》するような馬鹿な真似を？

マホロには何ひとつ分からなかった。

「マホロ、大丈夫ですか⁉」

離れた場所からヨシュアが駆けつけ、遺体の傍で悄然《しょうぜん》とするマホロたちに声をかける。レオンは深い眠りに囚《とら》われていて、動かしても目を覚まさない。オスカーの死を看取《みと》ったノアも、限界がきたかのようにその場に倒れ込んだ。

「この辺りはまだ魔力が残っている。危険です、離れましょう」

ヨシュアがマホロの腕を引き上げ、厳しい声を上げる。まだ他にもオスカーの仲間がいるかもしれないので、マホロの安全を確保したいのだろう。オスカーは死んだが、まだ周囲には《誘惑の眠り》の力が残っていて、遺体の傍にいるだけで眠気を覚える。

騒ぎに気づいた魔法士が集まってきて、風魔法を駆使しながらノアやレオン、そして遺体となったオスカーをこの場から運び出す。

卒業式はオスカーの死で締めくくられてしまった。マホロはやるせない思いを抱えたまま、背中を向けた。

3 後悔

　オスカーは仲間を引き連れて騒ぎを起こしたわけではなかった。結果として大勢の魔法士が睡魔に囚《とら》われたが、死者はひとりも出なかった。制服を奪われたジェミニは草むらに下着姿で眠っているところを発見された。

　卒業式は中途半端に終わった。卒業生は魔法で華やかに送り出されるはずだったが中止になり、被害を免《まぬか》れた卒業生と保護者は船に乗って島を去っていった。

「マホロ、もう休んで下さい」

　ヨシュアが見かねたように声をかけてくる。オスカーの《誘惑の眠り》によって強制的な睡眠に陥《おちい》った学生は、空いている寮のベッドへ運び込まれた。ノアやレオンも同じように運ばれ、マホロは彼らが気になりつつも何もできずにいた。光魔法の回復魔法で彼らの眠りは妨げられなかった。ギフトの能力は特別だ。

「はい……。そうします」

　マホロはベッドに寝かされたノアを見下ろし、仕方なく部屋を出た。ノアの右手には眠りに抗うために自傷した痕があるが、その傷はマホロの回復魔法で治っている。ノアに回復魔法を施した際、効果があったことに安堵した。まだノアは王家や国を裏切っていない。自分の回復魔法がある種の選別を兼ねているのは、嫌なものだった。

ノアは卒業式の後に話がしたいと言っていた。けれど、この様子ではまだ目覚めないだろう。マホロはヨシュアとカークに挟まれて寮の自室へ戻った。

オスカーを倒したのは、ヨシュアの銃だった。あれほど強力と思われたオスカーの魔法も、遠距離からの銃の攻撃で終わりを告げた。無論、正確に照準を合わせられるヨシュアの技量があってこその話だが、結局どんな能力にも限界はあると感じた。

自分の部屋に入ってベッドで横になると、マホロはオスカーについて考えた。反逆者として何度もひどい目に遭わされたが、オスカーを憎めずにいた。いつも陽気で国に反逆した後でも飄《ひょう》々《ひょう》としていたせいか、オスカーの心の奥底にある闇には気づけなかった。オスカーは何度もマホロに言い寄ったが、本気で口説かれている感じではなかった。結局、オスカーが特別視していたのはノアだ。ノアに抱く複雑な思いのせいで、オスカーは道を違《たが》えた。ノアには周囲の人間をおかしくさせる力がある。今ではそれが王家の持つ魅了の力だと分かるが、知らない人間にとっては異様な魅力に感じられるだろう。

（国に逆らった人たちがどんどん死んでいく……）

もう誰の死も見たくないと思うのに、今日もマホロの前で死者が出た。

オスカーのことを考えているうちにうつらうつらしてきて、マホロはいつの間にか眠りにつこうとしていた。

ノックの音がしたのは、マホロが深い眠りに落ちる一瞬前だった。

「マホロ、まだ起きているか？」

ドア越しにカークの声が聞こえて、マホロは寝《ね》ぼけ眼《まなこ》で上半身を起こした。

「は、はい」

マホロがかろうじて返事をすると、少しためらった気配の後、カークが口を開いた。

「ノアが会いたいって来てるんだけど、どうする？」

ノアの名前が出て、マホロは心臓が高鳴った。急に息苦しくなって、わけもなく手を開いたり閉じたりする。ノアが会いに来た。話をしたいと言っていたので、話をしに来たのだろう。できれば部屋ではなく、外で話をしたかった。部屋では逃げ場がない。

どうしようか迷ったが、ここで追い返すわけにもいかなかった。マホロは乱れた寝間着を直して、ドアに近づいた。

「分かりました」

マホロがそっとドアを開けると、廊下に困り顔のカークと制服姿のノアが立っていた。ノアはマホロと目が合うと、ホッとした表情になった。マホロが会うと言ったからだろうか。その表情を見て、自分だけでなく、ノアも緊張しているのが分かった。

「あまり長い時間はダメだぞ。三十分したら、強制的にドアを開けるからな」

カークはこれまでのマホロとノアの関係を案じて、部屋に入ろうとするノアに先んじて言った。カークの気遣いをありがたく思いながら、マホロは窓の近くへ移動した。

「……」

ドアが閉められると、ノアは急《せ》いた様子で間合いを詰めてきた。思わずマホロが後ろへ下がると、慌ててその動きを止める。ぎこちない空気が流れ、マホロはうつむいた。何か言うべきかと思ったが、何を言えばいいのか、もはや分からなかった。

「……仲直りが、したい」

硬い空気を破るように、ノアがぼそりと呟いた。マホロは驚いて顔を上げた。ノアの切実な眼差しとぶつかり、鼓動が速まる。強制的な眠りを与えられていたせいか、ノアの髪は少し乱れていて、それが目覚めてすぐにマホロの元へやってきたことを証明するかのようだった。

「お前が……ジークフリートを殺したことをあれほど怒るとは思わなかった。それに関して、謝る気はない。ジークフリートは罪人だ。あいつを殺した件については、絶対に謝らない」

尖《とが》った声で言われ、マホロはわずかに胸が軽くなった。自分でも不思議なのだが、ここでノアがジークフリートを殺したことを謝っても、それを受け入れられないだろうと思ったのだ。ノアはあくまでノアで、本心を決して偽らない。それがいいことなのか、悪いことなのか分からないが。

「だが……お前がジークフリートがいなくなってショックを受けたのは理解した。考えてみればお前はずっとジークフリートと育ってきたし……、陛下の呪法を受け入れたくらいだ。死んでほしくなかったってことだよな……。あの時は頭に血が上って、そこまで考えが至らなかった。いや……、お前とジークフリートの間に絆《きずな》があるのを認めたくなかった……」

ノアが続けた内容に、マホロも納得がいった。自分の気持ちを分かってくれただけでも大きな進歩だ。

「……ノア先輩が、そそのかされたことは分かっています。アカツキとヒノエ……、ノア先輩をあそこに向かわせたのはふたりですよね。彼らはジークフリートを邪魔に思っていたから」

マホロは落ち着いた声で言えた。ノアの眼差しが柔らかくなり、じっと熱く見つめられる。

「今さら時間は戻せない。でも俺は……お前が傍にいないのが耐えられない。どうすれば仲直りできる？　何でもするから教えてくれ」

ノアは我慢できなくなったように、マホロとの距離を詰めて、手を握ってきた。その手は冷たくて、ノアの緊張を伝えてきた。マホロの中にも熱い想いが込み上げてくる。マホロだってノアと喧嘩別《けんかわか》れしたままではつらい。

「俺と……アルフレッド陛下が交わした取引に関しては……、いいのですか？」

ノアと一緒にいたい気持ちはマホロも同じだが、まだ大きな問題がある。そもそもノアがこれほど怒り狂ってマホロから離れたのは、アルフレッドと絶対服従の呪法を交わしたせいだ。自由を重んじるノアは、マホロが自由を手放したことが許せなかった。自分よりジークフリートを選んだように思えたのかもしれない
「それは……もういい。それについては、俺の中で決着がついた」

ノアはそっぽを向き、吐き捨てる。到底受け入れたそぶりではないが、ノアがもういいと言うのだから本当にいいのだろう。だが、疑問は残った。何故、ノアはその件に関してよしとするに

至ったのだろう?

　ノアの手を握り返せば、お互いに許せない部分を残したままつきあうことになる。それでいいのだろうかと思う反面、妥協してつきあうことは必ずしも悪いことではない気がした。相手のすべてを許す必要はないのではないか。

「ノア先輩……、俺も、多分ずっと……ジーク様を殺したことを許せずにいるかもしれません。それでも俺だって……ノア先輩と一緒にいたい気持ちは同じなんです」

　マホロは自分の心を包み隠さず告白した。互いに平行線のままの部分もあるが、寄り添いたい気持ちは同じだった。ノアと視線が絡み合い、ふっと体温が上がった。ノアが狂おしいほどに自分を求めるのが伝わってくる。気づいたら、ノアの腕が背中に回っていて、唇が重なった。貪るように口づけられ、マホロは呼吸を止めた。ノアはマホロの髪を掻き乱して、唇を吸ってくる。

「ん……っ」

　噛みつくようなキスをされて、マホロは一瞬この情熱に流されそうになった。だが、その脳裏にナターシャとの婚約話が過《よ》ぎった。ノアは、婚約者のいる身なのだ。

「ま、って……、待って下さい」

　このまま関係を修復するのはいけないという思いが湧き、マホロはノアの胸を押し返した。熱い吐息をこぼしながら、ノアが不満げにマホロのうなじを摑む。

「何だ、嫌なのか」

　じれったいそぶりで詰《なじ》られ、マホロはノアの身体を押し返した。濡れた唇を拭《ぬぐ》い、ノアから顔を背ける。

「ノア先輩はナターシャ王女殿下と婚約したんですよね……？　だとしたら、この関係は適切ではありません……」

マホロは上気した頬をごしごし擦り、そっぽを向いて言った。ノアが苛立たしげに腕を組む。

「あれは……っ、……っ」

ノアは言いたいことを呑み込み、イライラと髪を掻き乱す。ノアがナターシャとの婚約を受け入れたのは、王命なのかもしれない。王命に逆らえば、かなり重い処分を受ける。ノアがナターシャと本気で結婚するとは思っていないが、それでもマホロはノアの腕に身を委ねる気にはなれなかった。道徳心が邪魔をした。婚約者のいる相手と身体の関係を持つのは、いけないことだ。

「……一緒にいたいと、言ってくれたじゃないか。それは嘘なのか？」

ノアが苦しそうに問う。マホロは乱れた呼吸を整え、そっとノアを窺《うかが》った。

「友達として……」

マホロが小声で言ったとたん、ノアが「はぁ⁉」と大声を上げる。

「俺とお前がオトモダチ⁉」

ノアの腹立たしげな言い方に、マホロもしゅんとなった。

「すみません……。ノア先輩の『友達』だなんて生意気ですよね……。先輩と後輩という関係……なら、いいと思います」

マホロがうつむいて言うと、ノアが凶悪な顔つきになる。ノアは咽《のど》まで出かかった言葉を必死に堪《こら》えて、荒い息を整える。怒ってまた去っていくかに見えたが、ノアはどうにか自制心を取り戻した。マホロだってノアと友人になれるとは思っていない。ノアには、マホロのような友達はいらないだろう。だが、他に適切な言葉が思いつかなかった。

ノアはしばらくの間、考え込んでいた。どうやってマホロを丸め込もうか悩んでいるのかもしれない。不自然な沈黙が落ち、おかしな空気が流れた。それを掻き消すように、ドンドンとドアが叩かれる。マホロはびくっとして背筋を伸ばした。

「三十分経ったぞ、ノア、もう帰れ」

ドア越しにカークが大声を出す。ホッとしたような寂しいような複雑な気持ちで、マホロはノアを見上げた。

「……分かった、トモダチでいい。今は」

ノアは奥歯に物が挟まったような言い方で吐き出す。ノアがマホロの言い分を受け入れたことに驚きを隠せなかった。考える間もなく、ドアがいきなり開けられる。カークはマホロたちを見て笑顔になった。

「よかったー。修羅場《しゅらば》か濡れ場のどっちかかと思ったぞ」

カークの予想にマホロは赤くなり、急いで首を振った。ノアは疲れたようにドアに近づき、ちらりと振り返る。

「後見人、親父《おやじ》にしてもらうのか？」

マホロはそういえばその問題もあったと思い出した。

「分かりません。悩んでいます」

ノアと前のように話せる関係になれるのなら、セオドアの後見人は魅力的だ。とはいえ、この先もノアとの関係は容易ではないだろう。セオドアに後見人を頼むなら、その辺は割り切って考えるしかない。

「親父は後見人として最適だ。俺とどうなろうと、親父は気にしない」

言い捨てるようにしてノアが部屋から去っていく。それを見送り、カークがマホロを覗き込んできた。

「とりあえず、仲直りしたのか？　さっきより、空気が柔らかくなっている」

カークはマホロとノアの関係を心配していたので、ふたりの間に流れる緊張が和らいだのを喜んでいる。カークやヨシュアには心配をかけた。ノアと不仲になってから、ずっとマホロは暗い空気を背負っていたから。

「心配かけてごめんなさい。大丈夫です」

マホロはカークの優しさに心が温かくなって微笑んだ。カークはマホロの頭をぐしゃぐしゃと乱し「もう寝ろよ」とベッドへ促した。

少しだけ、穏やかな気持ちで眠れる気がして、マホロは静かにベッドに潜った。

オスカーの件があり、王都から事情を調査するために魔法団団長のレイモンドがやってきた。団長は魔法士を引き連れて、オスカーの辿ったルートを解明し、どこに潜んでいたかを探った。オスカーは立ち入り禁止区にいた痕跡があった。おそらくレスターも一緒だったのだろう。立ち入り禁止区にいると思《おぼ》しきレスターを追跡するための隊が新たに組まれ、一個隊が奥地へ向かった。

睡眠魔法で眠らされた卒業生は一日遅れで島を去った。残った学生も夏季休暇を迎え、ぞくぞくと島から出ていく。

マホロは二日ほど島に残った後、荷物をまとめて島を離れた。無論、ヨシュアとカークも同行する。今回、初めて王都にある屋敷で夏季休暇を過ごすことになった。戸惑い半分、どこかわくわくする気分も半分で、マホロは落ち着かなかった。

船でクリムゾン島を出て、辻馬車を使って王都へ向かった。アルフレッドから下賜《かし》された屋敷に着いたのは辺りが暗くなった頃で、あらかじめ伝令を送っていたからか、執事のルークやメイド、使用人が揃ってマホロを出迎えてくれた。

「お帰りなさいませ、マホロ様」

ルークに親しみを込めて出迎えられ、マホロはそわそわした。屋敷はすっかり綺麗になっていて、護衛騎士用の部屋もあり、庭には植えたばかりのハーブ畑と果実のなる木がある。

「ありがとうございます。もったいないくらいです」

整えられた屋敷やハーブ畑に感激して、マホロはルークに礼を言った。

「マホロ様、敬語はいりません。私や使用人に敬語はお控え下さい」

ルークに早速指摘されたが、なかなか切り替えができない。ルークには口が酸っぱくなるほど「あなたは爵位を持っておられるのですから」と諭される。今後もルークの指導が必要だ。

「いい感じじゃないか、マホロの屋敷。見張りもしやすいし、常時、魔法士を置かせてもらおうかな」

カークはこの屋敷に来るのが初めてだったので、屋敷の隅々まで見て回り、敵が来た時の侵入経路や死角を確認している。

「マホロは結界を張れないんですか？　魔法によるバリアみたいなものなんですが。基本的に外での魔法は禁止されてますが、敷地内なら構わないはずです」

ヨシュアに聞かれ、まだ習っていない魔法だったので、原理を教えてもらった。結界魔法はそれぞれの属性魔法を跳ね返すバリアを敷地に張るもので、保護魔法の拡大バージョンといっていいだろう。保護魔法を張る時の要領で、それを巨大化したものをイメージすればいいとヨシュアに教えられた。

「分かりました。やってみます」

マホロは内ポケットから杖を取り出し、屋敷にドーム型の膜を張るイメージで魔法を使った。悪意のあるものを弾《はじ》くイメージで呪文を唱えると、ぴかっと屋敷が光った。その光があまりに強く、驚いた使用人が飛び出してきたほどだ。

「……マホロ、ちょっと強力すぎだ。今ので、この屋敷に強い魔力を持つ魔法士がいると王都中に知られたぞ」

カークが頭を抱えて唸《うな》る。マホロも屋敷が光って焦った。加減ができない自分に恥ずかしさを覚えつつ、他の防御魔法も重ねてかけておいた。

「マホロ様、お食事の用意ができておりますよ」

メイドのマリアににこにこして言われ、マホロは緊張を弛めた。マリアは優しい面立ちの中年女性で、夫を亡くし、独り身だ。使用人の部屋も用意されているので、住み込みで働いてもらっている。

「ありがとう、すぐ行く」

使用人は皆マホロに好意的で、温かい雰囲気だった。いい人を選んでもらえてよかったと喜びを噛みしめた。


屋敷で数日過ごすうちに、ルークや使用人のひととなりも分かってきた。マホロに仕えてくれる人は皆マホロへ敬愛を込めて接してくれる。ここでは自分が受け入れられていると実感できた。こういう気持ちは初めてだ。ノアの屋敷で世話になった時も使用人は皆丁寧に接してくれたが、マホロは客でしかなかった。けれどここでは、マホロが主人で疎外感はない。

「おはよう、マリア」

朝、起こしに来たマリアに挨拶《あいさつ》すると、マホロは用意された水で顔を洗った。ここではメイドがマホロのやることを全部やろうとしてしまうので、手持ち無沙汰だ。着替えくらいは自分でやりたいのだが、最適な服を選ぶのはメイドのマリアのほうがセンスがある。

「今日は陛下に呼ばれているから、礼服を出してくれる？」

寝間着姿で濡れた顔を布で拭《ふ》き、マホロは首を傾けた。

「はい、用意しておりますよ」

マリアは心得た様子で礼服を運んでマホロに服を着せ始める。白いジャケットに金ボタンがあしらわれた礼服だ。昨日、ルークとヨシュアを伴って、王都にある衣料店へ赴いた。マホロは学生服以外ほとんど服を持っていないので、王宮に招かれた時や行事、冠婚葬祭に必要な衣服を買い込んだ。白い髪で王都に行くと目立つので、久しぶりに金髪に染めている。ルークに宝石もいくつか持っていたほうがいいと言われ、そういえば巡礼先でもらった宝石があったのを思い出し、銀行の貸金庫から出しておいた。

「馬車もあるといいですね」

買い物をしながらルークは屋敷に足りないものを口頭で述べた。今は貸し馬車を使っているが、王宮まで少し距離があるので、確かに専用の馬車があれば便利だろう。奥庭に厩舎《きゅうしゃ》もあるのだが、手入れが必要だ。屋敷を持つと付随して必要になるものがたくさんあって大変だなぁと感心した。

「よくお似合いですね」

礼服の袖のボタンを留め、マリアが鏡越しに言う。衣装や宝石を置くための部屋があることにまだ馴染《なじ》めない。そのうち、これが普通になるのだろうか。

「ありがとう」

マホロはマリアに礼を言うと、部屋を出て一階の食堂に行った。マホロを待っていたカークとヨシュアが椅子から立ち上がる。食堂には六人ほど掛けられる長いテーブルが設置されている。屋敷の主人であるマホロが顔を見せると、若いメイドがセッティングを始めた。カークとヨシュアに朝の挨拶を交わしながら席につく。ふたりに先に食事を始めてもいいと昨日言ったら、屋敷の主人より先に食事をするのはありえないと呆れられた。

「食事を終えたら王宮へ向かいましょう」

ヨシュアは朝食のクロワッサンを優雅な手つきで食べながら言った。マホロは焼き立てのパンをかじり、小さく頷く。

「二週間後にはまた巡礼だろう？　マホロも大変だな」

カークはサラダをかっ込みつつしゃべる。ヨシュアは貴族なので食事のマナーが完璧だが、カークは平民なので、マナーなどどこ吹く風だ。

「夏季休暇の間に行けたら、学校を休まないでいいので有り難いです」

マホロがスープを飲みながら答えると、カークがうんざりしたように肩をすくめる。

「マホロは本当に学校が好きだなぁ。まぁでも巡礼も主だった都市はけっこう行ったし、そろそろ落ち着くよな」

「そうですね。次の都市で一区切りつくのではないですか？」

カークとヨシュアが話すのを聞き、マホロは少しだけ胸を痛めた。マホロが巡礼と称し、大きな都市に行き、傷病者を治すことでデュランド王国では聖者熱が高まっている。その分、教会の権威が落ちたと噂になっている。これまでは教会が水魔法を使って治すのが一般的だったが、マホロの光魔法の威力は水魔法の比ではなかったからだ。もともとアルフレッドは病院や教会とのバランスが崩れるのは避けたいと言っていたので、おそらく次の都市で巡礼を終えたら、しばらく大々的に光魔法を使うのは控えさせるだろう。

「教会の心配をしているのですか？　その点に関しては、動きがあるようですよ」

マホロの憂いを察して、ヨシュアが声を落として切り出す。

「動き……？」

気になってマホロが食事の手を止めると、ヨシュアが苦笑する。

「教会側はマホロを教皇と同等の地位で迎え入れたいようです」

初めて聞く話だった。教皇と同等だなんて、とんでもない話だ。神官や教皇は幼い頃から卓越した水魔法の使い手が、さまざまな勉強や修行をした者の中から選び抜かれた存在だ。

「俺は魔法のコントロールさえできないのに」

マホロが自嘲気味に言う。何しろ三年生になろうというのに、未《いま》だに魔法のコントロールに関してはは初心者レベルなのだ。大きな魔力を持つマホロは、魔法を使う際、その何倍もの力を放ってしまう。緻密なコントロールはほぼできない状態といっていい。

「光魔法に関しては、大丈夫なんですが……」

マホロは小さくため息をこぼした。そうなのだ、光魔法に関しては、細かいコントロールができるようになった。やはり光魔法の血族というのが大きいのだろう。

「お、そろそろ出るか？」

ヨシュアとカークと他愛もない話をしながら食後のお茶を飲んでいたマホロは、カークに言われてカップを置いた。今日は次の巡礼先についてアルフレッドと魔法団団長のレイモンドと打ち合わせをする予定だ。

三人揃って食堂を出ると、執事のルークが見送りに来てくれた。用意された馬車に乗り、帰宅の時刻を告げる。いってらっしゃいませ、とルークに微笑まれ、マホロは笑顔で王宮に向かった。

王都は夏の暑さもあって、広場の噴水前には日傘を差す貴婦人も多かった。広場の辺りには出店も多く、子どもたちの姿も見える。王都には活気があるが、それでもあちこちに警備している兵の姿があった。フィオナはまだ捕まっていない。警備を強化しているためか、残党は今のところ鳴りを潜めている。

マホロを乗せた馬車は、順調に王宮へついた。

護衛であるヨシュアとカークを伴い、マホロは王宮内を歩いた。最初は場違いでおどおどしていたマホロも、何度も通ううちに王宮に慣れてきた。まだどこかでアリシア妃とばったり出くわすのではないかと不安だが、アルフレッドから誘いは断っていいと言ってもらえたので、その点は心強かった。

「天使様ぁ！」

王宮の廊下を歩いていると、遠くから幼い声が響いた。軽やかな足音と可愛らしい高い声。マホロが足を止めると、淡い黄色のドレスをまとったナターシャがこちらに向かって走ってくるところだった。それを追いかけているのは侍女たちだろう。すばしっこく走るナターシャを捕まえられずにいる。

「王女殿下、お久しぶりです」

マホロが膝をついてその場で待つと、ナターシャはマホロの胸に飛び込んできた。ナターシャは七歳になった。王女殿下として礼儀作法について学んでいるはずだが、すっかりお転婆《てんば》になった。マホロの治療を受けるまで寝たきりだったナターシャは、健康になってからというもの身体を動かすことを満喫している。

「天使様！　私、天使様に謝らなきゃならないことがあるの」

ナターシャはつぶらな瞳をマホロに向け、ぎゅっと抱き着いてくる。マホロがナターシャを抱いて立ち上がると、息を切らして駆けつけた侍女たちが、眉根を寄せる。

「ナターシャ王女殿下、殿下は目下の者に謝ってはなりません……っ」

侍女たちに目を吊り上げて囲まれ、ナターシャはべーっと舌を出した。そしてマホロの首にしがみつく。王族は簡単に頭を下げるべきではないというのはマホロでも知っている。

「お前たち、うるさいの！　天使様は私の大事な人なんだからぁ！」

元気いっぱいにナターシャが言い、マホロは可愛くてつい微笑んだ。今のナターシャは生きる力にあふれている。王族としては問題のある態度だが、まだ幼いナターシャが元気に振る舞う姿は微笑ましかった。

「天使様ぁ、あのね、前に婚約しないほうがいいって言ってたでしょ？　でも陛下の命令で、私、婚約者ができてしまったの」

ナターシャはうるうるした目でマホロを見つめ、申し訳なさそうに話す。ナターシャには以前、ノアと婚約しないほうがいいと言い聞かせた経緯がある。きっとナターシャは約束を破ったと思っているのだろう。

「……存じております。どうか、お気になさらず。気に病む必要はありません」

幼いナターシャを、マホロは慰めた。

「公爵家のノアよ。顔合わせしたけど、すごくおっかなそうだったわ……。綺麗だけど、にこりともしないの。私、嫌だわ。天使様と婚約したかった」

ナターシャは顔合わせについて思い出したのか、恐ろしげに身震いする。後ろでカークが噴き出し、ヨシュアが肘を突いて黙らせる。ノアはナターシャに対していつも通りに振る舞ったようだ。

「陛下は私が大人になって他に好きな人ができたら、婚約を破棄してもいいって。ちょっとホッとしちゃった。だってナターシャが大きくなる頃には、ノアはもうおじさまでしょ？　政略結婚についてはしょうがないけど、せめて年齢が近いほうがいいなぁ」

結婚が何かよく分かっていないナターシャも、思うところはあるらしい。ノアをおじさま呼ばわりしたので、カークがまた肩を揺らしている。

「……どちらに行かれるご予定だったのですか？　お送りします」

マホロはナターシャを抱いたまま、侍女に導かれ、王宮の廊下を歩いた。ナターシャはあれこれと自分のことを語ってくる。小さな女の子は水晶宮にもたくさんいるが、光魔法の血族の子たちとはぜんぜん違う。子どもらしい明るさがある。水晶宮の子どもたちは、やはり異質だ。生きている気配が希薄だ。

ダンスレッスン室の前でナターシャを下ろし、別れた。手を振りながらナターシャがレッスン室に入るのを見送ると、侍女のひとりがすっと近づいてきた。

「――マホロ様、マホロ様には王女殿下を救っていただいた恩がございます」

侍女は膝を折り、切実な眼差しを向けてきた。マホロが戸惑っていると、侍女がぎゅっと手を握る。

「ですが、マホロ様が王女殿下の婚約相手であるノア様と特別な仲というなら……私どもはマホロ様を歓迎できません。たとえこれが政略的なものであろうと」

キッと眦《まなじり》を上げて言われ、マホロはどきりとした。ナターシャ付きの侍女なら、マホロの存在を快く思わなくても当たり前だ。ナターシャの婚約者の恋人の存在は、少し調べれば分かるものだろう。

「……ノア先輩とはただの先輩後輩です」

マホロはうつむいて、絞り出すように言った。嘘ではないが、ノアの熱情がまだ自分に向いているのを思うと、言い訳じみて聞こえた。

「そうですか。それならよろしいのです」

侍女はあからさまにホッとした様子で一礼して部屋に入っていった。マホロは後ろめたさを感じつつアルフレッドの執務室へと足を向けた。カークとヨシュアは何も言わずマホロに従っている。

アルフレッドの執務室につくと、見張りの衛兵がマホロが来たことを扉越しに告げた。すぐに「入れ」と声がかかり、マホロだけ中へ通される。

執務室は相変わらず機能的な造りで、アルフレッドは側近の従者をふたり横に置き、机に向かって仕事をしていた。

「悪いね。急ぎの仕事だけすませるから座って待っていてくれ」

アルフレッドはマホロに微笑みながら、羽根ペンを走らせる。マホロは小さく頷いて、応接セットのソファに腰を下ろした。アルフレッドは従者と何度か確認作業を繰り返し、すごい勢いで仕事をこなしていく。王族は今、限りなく少ない。その分、アルフレッドへのしわ寄せは大きい。引退して地方に移り住んでいた傍系の王族を呼び寄せていると聞くが、その前にアルフレッドが過労で倒れてしまわないか心配だ。

「待たせたね」

メイドがお茶を運んできたのを頃合いに、アルフレッドはマホロのいるソファに移動してきた。従者は書類を持って、一礼して部屋を出る。メイドはマホロとアルフレッドの前にお茶とお茶菓子を置くと、静かに去っていった。残ったもうひとりの従者が毒味をすませ、「異常ありません」と口元を押さえて報告する。アルフレッドは従者を下がらせた。

執務室にふたりきりになり、マホロは背筋を伸ばした。ノアとナターシャの婚約について聞くべきかと考えたが、自分が質問していいのか分からなかった。

「巡礼についての打ち合わせの前に、後見人について話したい。心は決まった？」

アルフレッドにやんわり聞かれ、まだ心を決めかねていたマホロは困った。ノアと一応は仲直りしたので、セオドアに後見人をしてもらってもいいのだが、何となく踏ん切りがつかなかった。セオドアから与えられるものに自分が見合った対価を払えない気がするのだ。

「なるべく早く後見人を決めたほうがいい。他にも見合いや婚約の申し込みがあってね」

アルフレッドは足を組み、面白そうに言った。

「え、お、俺にですか？」

見合いや婚約といった話が自分にくるなんて思わず、マホロはびっくりして背もたれに背中をつけた。まだ学生だし、爵位を与えられたとはいえ一代限りのものだ。自分が女性に受ける容姿をしているとも思えない。

「驚く話ではないよ。今世間で注目を集める聖者だ。どの貴族も、家門に取り込みたいだろう。今まではセント・ジョーンズ家が囲っていたようなものだが、ノアがナターシャと婚約したことが知れたので、一気に話が押し寄せたのさ」

アルフレッドはおかしそうに話す。マホロが知らないだけで、今までもさまざまな家門から申し出があったようだ。

「婚約など……すべてお断りして下さい。光魔法の血族には無理ですから……」

戸惑いつつマホロが言うと、アルフレッドは首をかしげた。

「それについては承知しているが、君は子どもが欲しいとは思わないのか？」

マホロは首を横に振った。子どもを作るのは義務だと分かっていても、これまでマホロは子どもを欲しいと思ったことがない。

「どうして？　光魔法は消えゆく血族だと言われている。君のように長く生きる者は、積極的に子を生《な》すべきと考えないのか？」

アルフレッドの言葉がマギステルに言われた言葉と重なり、マホロは苦しくなった。血族を守るために子孫を残さねばならないと、マホロも理解している。だが、これまでなるべく考えないようにしていた。

「ふーん。……なるほど、自分より早く死ぬ子どもは作りたくない、か？」

目を細めて囁《ささや》かれ、マホロはびくりとして身体を固くした。アルフレッドと視線が絡み合い、心拍数が跳ね上がる。この人は——どうして自分の心の奥底にあるものを見抜けるのだろう。これまでノアという恋人がいるからと自分を納得させていたが、マホロの心の奥深い部分には、子どもを作ることへの惧《おそ》れが存在する。

竜の心臓を埋め込まれた日以来、マホロにとって命の重さは限りなく大きなものになった。死に対する恐怖は常にある。その恐怖はもちろん自分が死ぬことだが、それ以上に周囲の人間が死ぬことが怖くてたまらない。

（そうだ、俺は周りの大事な人が死んでしまうのが恐ろしい）

たとえ子どもを作ろうと、その子は自分より早く死んでいく。光魔法の血族として生まれてきた子どもは短命で、自分にそれが耐えられるとは思えなかった。アルフレッドがすべてを理解しているかは分からないが、いともたやすく自分の深層心理を見抜くアルフレッドに恐れを抱いた。

「陛下……」

マホロがうつむくと、アルフレッドが憐《あわれ》むように目を伏せた。

「泣きそうな顔になる必要はない。それは至極当然の感情だ。君は優しいから、自分を弱いと思っているかもしれないが、人として当たり前の気持ちだよ」

アルフレッドに穏やかに諭され、マホロはそろそろと顔を上げた。アルフレッドに慰められて、わずかに心が和らぐ。

「話は変わるが、聖者として知名度が上がったので、君の護衛を増やそうと思う。というか、君専属の騎士団を作るべきかと考えているんだが」

マホロは動揺した。今でさえ絶えずヨシュアとカークに守られているのに、さらに増えるなんて分不相応だ。

「そ、そんなものはいらないです。騎士団とか……ありえません」

話が壮大すぎて、頭が追いつかない。

「騎士団は嫌か？　立候補する者は大勢いると思うが。何しろ君の存在は予想よりも大きくなっていてね。君を狙う愚か者もいないわけではない。専任の護衛騎士を少なくともあと四、五人は増やしたい」

「え、ええ……っ」

マホロが口をあんぐり開けると、アルフレッドが面白そうに笑いだした。

「マホロを尊大にさせるのは至難の業《わざ》だろうな。だが、それが君の魅力だ。屋敷にも騎士を常駐させるつもりだ。君の了解を得たら、次に護衛騎士候補と面会させよう。近衛騎士の中から選ぶ予定だ。魔法を使える者のほうがいいだろう」

「うう……」

もうほぼ決まっている話のようで、マホロは事務的に告げるアルフレッドに頷くしかなかった。

「近衛騎士といえば……ノアの進路について知っているか？」

アルフレッドが身を乗り出して、いたずらっ子のように含み笑いをした。ノアの進路についてまだ知らなくて、マホロは息を詰めた。やはり魔法団だろうか？

「ノアは近衛騎士になった」

アルフレッドがにやりと笑い、マホロはぽかんとした。

――近衛騎士、ということは、アルフレッドや王族を守る騎士だ。

「ノア先輩が……ですか？」

マホロは絶句した。到底ノアが選ぶとは思えない進路先だった。どうしたら、そうなるのか。

「レイモンドがノアを煙たがっていてね。魔法団に就職しようとしたらしいが、拒否された。それで仕方なく、ね……。いずれマホロが宮廷魔法士になると俺が囁いたのも要因のひとつかもしれない」

思い出し笑いをするアルフレッドは珍しく年相応に見えた。魔法団の団長であるレイモンドに拒否されたとは……。これまでの団長に対するノアの態度を思えば、それも仕方ないとマホロも思った。

「こんな愉快な話はないだろう？　俺を殺したがっているノアが近衛騎士だよ？　さすがに俺の下では可哀想だったので、ナターシャ付きの近衛騎士として配属されるよう手配した」

アルフレッドはノアから嫌われているのが面白くてたまらないらしい。マホロには理解できない強靭《きょうじん》な神経の持ち主なのだろう。

「そうそう、ナターシャとの婚約に関してなんだけどね。あまりノアをいじめるのも可哀想なので君に伝えておくよ。きっと本人の口からは言わないだろうから」

アルフレッドは首元のボタンを外して、ひと息ついた。何だろうとマホロが待ち構えると、アルフレッドがクッキーをひとつ摘む。

「ノアは俺と誓約魔法を交わした。内容は、これ以上俺がマホロに命令しないこと」

マホロは血の気が引いた。

ノアとアルフレッドの誓約魔法――。

「代わりにノアはナターシャとの婚約を受け入れた。ノアにとって俺が君に囚われているのは、よほど嫌らしい。だから君とは絶対服従の呪法を施したが、これ以上俺は君に命じることはない。

もともとそのつもりもなかったが」

　ナターシャと婚約する代わりに、ノアはマホロを自由にしようとした。それは感謝するべきかもしれないが、マホロは苦しくなった。どうしてノアはそこまでするのだろう。自分はノアには自由でいてほしかった。何故、そんな馬鹿な真似を、と思った。あれほど嫌がった婚約者を受け入れてもいいくらい、ノアはマホロがアルフレッドに囚われているのが我慢ならなかったのか。

「だからナターシャと婚約したことを責めないでほしい。王族と婚約しているが、ノアが他の者と恋愛しても王家で咎《とが》めることはないだろう。大っぴらにやられるのは面子《メンツ》もあるので困るが、俺としては君たちふたりが仲良く過ごすほうが益がある。ノアには感情を爆発させてほしくないからね」

　淡々と話すアルフレッドに、マホロは言葉もなかった。重苦しく、どんよりとした気持ちになる。

（ノア先輩にとっては、そんなに自由が大切なのだろうか……）

　マホロにとって命が何よりも大事なように、ノアにとっては、自由は他の何よりも重んじるべきものなのだろう。それなのに、自分の自由よりマホロの自由を優先した。

（ノア先輩……）

　ノアの自分への愛情を強く感じた。ノアはマホロのためなら犠牲をも厭《いと》わない。しかもそれを黙っていた。ノアの心情を考えると涙が出そうになる。きっと自分のことでたくさん心配をかけているのだろう。マホロはローエン士官学校に入るまで、自由を知らなかった。だから自由を感じることもなかった。マホロにとって誰かに命じられることは、よくある出来事だ。苦でもない。だからアルフレッドの呪法にもノアほどの忌避感はない。

（ノア先輩は……それじゃ駄目だと俺に言いたいんだな……）

自分の生き方を変えるのは難しい。だが、ローエン士官学校に入って、新しい世界に喜びを感じたように、今の自分は誰かからの束縛を抜け出さなければならないのだろう。

（そうだ、陛下に聞かなければならないことがあったんだ）

マホロは手をぎゅっと丸めた。亡くなったジークフリートに関して、知りたいことがある。

「あの……陛下」

意を決して切り出したマホロは、突然響いた激しいノックに、背筋を伸ばした。扉越しに聞き覚えのある声がする。衛兵と誰かが言い争っている。

「陛下！　約束のない訪問、申し訳ありません！　謝罪は後でいくらでもしますので、どうか」

扉越しにノアの兄であるニコルの声がした。マホロはアルフレッドと顔を見合わせると、アルフレッドの頷きを確認して扉に駆け寄った。

扉を開けると、血相を変えたニコルが乱れた服装で立っていた。

「陛下──ああ！　マホロ！　神の采配か！」

ニコルはマホロを見るなり、絶望から解き放たれたように手を握ってきた。尋常ではない様子だ。

「何事か」

アルフレッドがソファから立ち上がる。ニコルは急いで跪《ひざまず》き、必死の形相でアルフレッドとマホロを見上げる。

「先ほど、妻ブリジットと、父の妻であるミランダ嬢が、毒に倒れました……っ、私は陛下の許可をいただき、マホロの力を借りようと……っ」

急転直下の出来事だった。マホロはアルフレッドを仰いだ。すぐにでも助けに行きたい。

「分かった。マホロ、ふたりの命を救いなさい。レイモンドの力を使おう。今から公爵邸に馬車を走らせるより、レイモンドの魔法で移動するほうが早い。衛兵、レイモンドを呼べ。会議で王宮にいるはずだ」

アルフレッドが即座に指示し、ニコルは溜めていた息を一気に吐き出した。ニコルのこんなに焦った姿は初めて見る。ブリジットを愛しているので、心配でたまらないのだろう。

「毒と言ったか……？」

衛兵が団長を呼ぶ間、アルフレッドは冷徹な眼差しをニコルに向けた。ニコルは苦しそうに胸を押さえ、頷いた。

「下手人《げしゅにん》は以前からいたメイドです……。すでに捕らえております。ミランダ嬢を殺すよう脅《おど》されていたようですが、ブリジットまで毒に倒れ、泣きじゃくっています」

ミランダを狙っていたと聞き、マホロは顔を曇らせた。ミランダを排除したい人をよく知っている。こうなるのをセオドアも覚悟していただろうが、まさか以前から勤めていたメイドを使うとは。不運にもブリジットは巻き込まれたのだろう。

「すぐに水魔法で治癒を試みたのですが、水魔法では回復しなかったのです……っ。即死の毒ではなかったのが幸いですが……マホロ、頼む。ふたりを助けてくれ」

ニコルの切実な願いに、マホロは不安になりつつ頷いた。水魔法で治癒できない毒とは……。マホロがつくまで生きていればいいが、死んでしまえばマホロにも救えない。

慌ただしく廊下を走る足音がして、衛兵と共に団長がやってきた。


団長の《転移魔法》でセオドアの屋敷の庭に飛ぶと、マホロはニコルに先導され、屋敷へ駆け込んだ。セオドアの屋敷は庭にも多くの兵が見張りに立っていて、突然現れたマホロたちに動揺した。ニコルと一緒でなければ、即刻捕らえられていただろう。

「ニコル様、おおマホロ様を連れてこられたのですね！」

正面扉から駆け込んだマホロたちを出迎えたのは、執事長のアンドレだった。白髪《しらが》の六十代後半くらいの小柄な男性だ。

「ブリジットたちの容体は？」

ニコルは廊下を早足で急ぎながら、口早に問う。

「意識が朦朧《もうろう》となさって、危険な状態です」

執事長の答えは予断を許さないものだったが、生きているなら希望がある。マホロは気を引き締めて、ニコルと団長と奥にある寝室へ向かった。

「父上！　マホロを連れてきました！」

扉を開けたニコルが大声で告げる。寝室の二台のベッドには、蒼白な面持ちのブリジットとミランダが横たわっていた。ふたりとも息をするのもやっとの態《てい》で、唇は紫色だ。ベッドの脇には医師らしき男性と、主《あるじ》であるセオドア、それに青ざめたメイドがふたり立っていた。セオドアはマホロを確認するなり、珍しく表情を崩した。

「頼む、ふたりを救ってくれ」

セオドアはマホロに駆け寄り、膝を折った。常にない様子からセオドアの憔悴《しょうすい》が伝わってくる。ふたりが倒れた毒がアリシア妃によるものであれば、セオドアは誰よりも責任を感じているだろう。

「はい」

マホロは深く頷き、ベッドの前に進み出た。宙に光の精霊王を呼び出すシンボルマークを描き、手を組み合わせる。

「光の精霊王、おふたりから毒を取り除いて下さい」

マホロの呼びかけに、どこからともなく清浄な空気がもたらされる。部屋に光が満ち、錫杖《しゃくじょう》の音が鳴らされた。光の精霊王が現れ、『承知した』とブリジットとミランダの頭上で錫杖を振り下ろす。

「おお……」

医師から感嘆の声が漏れる。光の粒がブリジットとミランダの身体に吸い込まれていくのが分かった。光の粒が吸い込まれるにつれて、ブリジットとミランダの息遣いが穏やかになっていく。すべて吸収した時には、ブリジットとミランダの顔に血色が戻っていた。

「ブリジット！」

ニコルが頬に赤みのさしたブリジットの手を握る。ブリジットはうっすらと目を開け、わずかに微笑んだ。けれど抗いがたい眠気に囚われたように、瞳を閉じた。ミランダも同じで、一瞬だけ瞳を開いたが、寝息を立て始める。

『毒だけではない』

光の精霊王が消える間際に、マホロに告げた。マホロも何となくだが、ブリジットとミランダを苦しめたのは毒だけではないと分かった。

「もう大丈夫だと思います。今は寝ているだけです」

マホロが手を下ろして言うと、医師がふたりの脈拍を測り、「おっしゃる通りです」と安堵の笑みを浮かべた。

「マホロ、お前に大きな借りができた」

セオドアはマホロの前に跪き、マホロの手を取った。公爵であるセオドアに跪かれ、マホロは恐縮して身を縮めた。

「無事助かったようで何よりです」

団長も安心したようだ。メイドたちも涙を流して喜んでいる。ニコルは別の部屋に待機させていた息子を連れてくるよう、メイドに命じていた。母親の危機を察知したのか、まだ幼いクリフォードはずっとぐずっているらしい。

「詳しい話をお聞かせ願えますか？」

一段落したのを見計らい、団長が厳しく問うた。ふたりの無事を確認したセオドアは、マホロたちと別室に移動した。応接室にセオドアとニコル、マホロと団長が入ると、セオドアの屋敷に常駐している兵が、ひとりのメイドを連行してきた。メイドは後ろ手で縛られており、ぼろぼろにやつれている。泣《な》き腫《は》らした目をしていて、セオドアとニコルを見るなり、床に額を擦りつけ
「申し訳ございません……」と繰り返した。

「彼女はうちで十年近く働いているメイドです。昼食前、妻とミランダ嬢がお茶をしている時に給仕したのが彼女です」

ニコルは苦しそうに話す。十年も働いていたなら、信頼も厚いだろう。そんなメイドに裏切られた衝撃は計り知れない。

「誰に命じられた？　まさか自らの意思でやったとは言わないだろうな？」

団長が詰問すると、メイドはどっと涙を流して首を横に振る。

「い……一カ月ほど、前です。私のもとに……、母のよくつけているネックレスが送りつけられました」

かすれた声でメイドが懺悔《ざんげ》を始める。

「指輪と共に粉末状の毒が送られ……ミランダ様の食事に混ぜるよう指示されました。言うこと

を聞かなければ、母を殺すと……」

メイドの話にマホロは顔を顰《しか》めた。人質を使って脅したのか。

「私はすぐに母と連絡を取ろうとしましたが、家から忽然《こつぜん》と消えていて……。最初は、それでも旦那様にご相談しようと思ったのです。でも、迷っている間に、ひ……、人の指が……っ、指が、送られてきて……っ」

メイドは喘《あえ》ぐように声を絞り出す。

「ゆ、指には、母がいつもつけている指輪が……っ、早く言う通りにしないと、母の命はないと……っ、申し訳ございません、旦那様！」

嗚咽《おえつ》して謝り続けるメイドに、セオドアは声をかけなかった。重苦しい息を吐き出しただけだ。団長も渋い表情で腕を組んでいる。

「ブリジット様まであのお茶をお飲みになるなんて……っ、誓ってブリジット様に害をなすつもりはございませんでした！」

静かな部屋にメイドの嗚咽が響く。ベテランのメイドがこの愚行に走ったのは、狙われたのがミランダだったのもあるようだ。最近嫁いできたミランダに、メイドたちにも思うところがあったらしい。犯罪者であるオスカーの姉であることや、急に女主人となったことが気に食わなかったと明かされた。メイドたちはミランダが嫁いできた理由を知らない。アリシア妃の盾であったことなど、思いもよらないだろう。

「手紙を送ってきた者に心当たりはないんだな？」

団長も疲れたように額を擦る。

「うう……っ、申し訳ありません……っ、手紙はいつの間にか私の部屋に置かれていて」

脅迫状は使用人部屋に置かれていたようだ。常に兵や騎士がいるセオドアの屋敷に見咎められずに入るのは簡単ではない。メイドへの脅迫状を運んできた共犯者が別にいるとマホロにも分かった。それを辿っていけば、アリシア妃に行き着くだろうか？

「その後のことは、団長も知っての通りです。ブリジットとミランダ嬢が倒れ、すぐに主治医を呼びました。主治医は水魔法の使い手です。ふつうの毒ならば、何とかなるはずだったのですが……」

ニコルはちらりとマホロを見やる。ぎりぎりに命を繋げたのは、主治医のおかげだろうとマホロは思った。

「はい。光の精霊王がおっしゃっていましたが、単なる毒ではなかったようです。多分……呪いの類かと思います。水魔法の上級魔術でも治せない複雑なものを感じました」

マホロは光魔法を使った時の感覚を打ち明けた。セオドアとニコルが顔を見合わせる。

「とりあえず彼女の身柄は魔法団で預かります」

団長は一通り話を聞き、メイドを魔法団へ連れていくことにした。魔法団の地下牢《ちかろう》に収容されるのだろう。おそらくアリシア妃に口封じで殺されるのを阻止するためでもあるのだろう。

「マホロ」

団長がメイドの移送で部屋から出るのを見送った後、セオドアがおもむろに声をかけてきた。

座るよう促されて、マホロはひとり掛けの椅子に腰を下ろした。ニコルとセオドアも座り、改めて礼を言われる。

「君がいなかったら、ふたりは死んでいただろう。この恩は忘れない」

セオドアに重々しく言われ、マホロは畏《おそ》れ多《おお》くて慌てて両手を振った。ミランダはともかく、ブリジットにはマホロも世話になった。彼女のためなら労は惜しまない。

「あの……以前伺った、後見人の話ですが……」

マホロはセオドアを見上げながら切り出した。セオドアが話を促すように頷く。

「お願いできますでしょうか。今回のように俺の力が助けになれることもあるでしょうし」

迷っていたが、今回ブリジットとミランダを救えたことで受けてもいいかもしれないという気持ちになった。後見人をしてもらっても何も返せないのではと心苦しかったが、自分の能力が役立つならいいかもしれないと思ったのだ。

「後見人を対価なしで引き受けてもらうのは、嫌なのか？」

セオドアに不思議そうに聞かれ、マホロはもじもじと指を絡めた。

「見返りのない好意は、心配です」

素直に心情を吐露すると、セオドアが小さく吐息をこぼした。まるで幼い子どもにするように頭にぽんと大きな手が置かれる。

「分かった。ではそうしよう」

厳《おごそ》かに告げられ、マホロは安堵して肩の力を抜いた。

ふと扉の外から騒がしい声がして、ノックの音もなしに入ってきた人がいた。私服姿のノアだった。血相を変えて押し入って、マホロやセオドア、ニコルを確認してハッとする。

「ブリジットとミランダが毒で倒れたと聞いた。大丈夫なのか？」

ノアはマホロをちらちら見ながら言う。ノアは出先でその知らせを聞いたらしく、急いで帰宅したらしい。

「マホロがふたりを助けてくれたよ。安心して」

ニコルが微笑みながら答える。ノアはがりがりとうなじを掻いて、セオドアにじっとりとした視線を送る。

「どうせあの女の仕業なんだろ」

吐き出すように言うノアに、セオドアは無言だった。ブリジットやミランダの話を聞いたらノアは怒り狂うかと思ったが、思ったより落ち着いている。

「あの、俺は……」

ノアがいるとそわそわしてきて、マホロはこの場を離れようとした。想定外の出来事でセオドアの屋敷へ来てしまったが、まだアルフレッドとの話は途中だった。

「ちょうどいい。お前たちに話したいことがある」

セオドアは軽く顎《あご》をしゃくり、ノアに座るよう促した。マホロはノアに手を摑まれて、無理やり隣に座らされる。セオドアが話したい相手はノアとニコルだと思うが、マホロがいても構わないらしく、着席して口を開く。

「私は軍を引退して、領地に戻ろうと思う。爵位はニコルに譲る」

いきなり重要な発言が飛び出してきて、マホロはびっくりして固まった。公爵であるセオドアは引退するには早すぎるし、軍でも重要な地位にいる。ニコルは「父上！」と腰を浮かせた。

「まさかあの女のせいでか？」

ノアは忌々しげにテーブルをどんと叩いた。セオドアが爵位を譲る理由——マホロもひとつしか思いつかない。

「父上、確かに今回のような事件はまた起こりうるでしょう。しかし……」

ニコルは爵位を継ぐのはまだ先と考えていたらしく、珍しく動揺している。

「以前から考えていたことだ。このままでは王族の命令として、どんな無理難題をふっかけてくるか分からない。私が引退し、領地へ戻れば、物理的な距離が開く。アリシア妃との関わりを減らしたい。ミランダが死んでからでは遅すぎると今、決意した」

セオドアは胸を張り、父親としての威厳を以《もっ》てふたりの息子に伝えた。セオドアはすでに前妻を失っている。形ばかりの結婚のはずが、セオドアはミランダの命を守るために行動しようとしている。

「爵位はニコルへ。クリフォードはまだ幼いので、次期公爵にはノアを任命する。お前たちに異存がなければ、だが」

セオドアの決意は揺るがないのか、反論は許さないと威圧感を醸《かも》し出《だ》す。

「領地に逃げ込もうが、あの女は追ってくるだろ」

　ノアは不機嫌そうに言う。以前ノアから聞いた話ではセオドアが所有する領地は王都からかなり遠い。

「それでも、ここよりはマシだろう。距離が開けば、打てる手も少なくなる。何よりも、あの女と離れられるなら、天国のようなものだ」

　何を想像したのか、セオドアが意地の悪い笑みを浮かべた。その表情を見て、初めてノアの父親なのだなぁと実感した。機械のように何事にも動じず、気持ちを表に出さないセオドアだが、アリシア妃には忸怩《じくじ》たる思いがあるようだ。

「……分かりました。父上の気持ちを尊重しましょう」

　ニコルは意識を切り替えるようにして言った。公爵位を受け継ぐのはかなり重荷だろうが、いずれくるこの時のために準備をしてきたはずだ。

「別にいいんじゃないか。兄さんなら上手くやるだろ」

　ノアが賛成すると、爵位の譲渡について細かい話がなされた。公爵家だけあって、その事業は多岐にわたっており、マホロには理解不能な話が次々と出てきた。無関係の自分がいていいのだろうかとそわそわしていると、セオドアがマホロに顔を向ける。

「マホロの後見人については、引退しても受けるつもりだ。私に何かあった場合、ニコル、お前がマホロの後見人を務めるように」

「分かりました」

　ニコルはふたつ返事で了承し、マホロは慌てて頭を下げた。ノアは初めて聞く話だったのか、少し不満そうにしている。

「それから、マホロがミランダとブリジットの命を救った話は、しばらく外には明かさない」

セオドアが決意を秘めた眼差しで言う。

「え？　それは……」

ニコルがいぶかしげに問い返す。

「爵位を引き継ぎ、私とミランダが領地に行くまで、表向きはミランダが重体ということにしておく。そのほうがあの女の目をごまかせるだろう。ブリジットは毒に倒れていない、ということにしたほうがいいな」

セオドアはひと芝居打つつもりだ。確かにミランダとブリジットの無事が知られたら、アリシア妃はさらなる手段に出てくる可能性がある。アリシア妃を騙《だま》すなんて、セオドアは今回の件で我慢の緒が切れたようだ。

「なるほど、それはいい手ですね。では侍医や使用人に箝口令《かんこうれい》を敷きましょう」

ニコルも俄然《がぜん》その気になって、マホロとは会えなかったという筋書きを作った。ノアもアリシア妃に一矢《いっし》報《むく》いようと乗り気だ。

「その他のことは、陛下と話をしてから決める」

セオドアがそう言った矢先、執事長から団長が再び屋敷へ戻ってきたという報告があった。ややあって現れた団長は、メイドは然《しか》るべき場所へ連行したと述べた。調書や取り調べは後日行うようだ。団長からもアリシア妃にひと芝居打つという話に、賛同を得た。

「マホロ、今日のところは自宅へ戻っていい。明後日、また登城するようにと陛下からの仰せだ。よかったら、屋敷まで送ろう。その方がアリシア妃にもばれずにすむ」

団長はちらりとノアを見やり、マホロに手を差し出す。ここからどうやって屋敷へ帰ろうかと思っていたので、団長の申し出は有り難かった。

「カークとヨシュアには屋敷へ戻るよう言ってある」

団長は王宮に残されたままの護衛騎士についても知らせてくれた。突然の出来事でふたりに話す時間がなかったので、安心した。

「では、失礼します」

セオドアたちに一礼して部屋を出ると、ノアも後ろについてくる。団長が《転移魔法》を使うのは庭なので、庭まで見送りに来てくれるのかと、マホロはそわそわした。ノアと関係を修復したといっても、以前のようになるわけではない。

「お前、どこまでついてくるつもりだ?」

団長はノアを煙たがっていて、無言でついてくる姿に眉を顰《ひそ》めている。マホロが知らない間にふたりの仲はかなり悪化しているようだ。団長は和を重んじる人間だから好き勝手に行動するノアが鼻につくのだろう。

中庭に出て、団長がマホロの背中に手を回し、《転移魔法》を使った。足元に魔法陣が光り、浮遊する感覚が起きた刹那《せつな》、いきなりノアが強引にマホロと団長にぶつかってきた。

「な――」

団長が呆れて目を見開くのも束の間、身体がどこかへ放り出される感覚に襲われる。団長の《転移魔法》はノアを巻き込んだまま、続行された。次の瞬間、マホロは自宅の屋敷の中庭に立っていた。

「なんて無謀な真似を！　お前は命が惜しくないのか⁉　強引に割り込むなど……っ」

団長がノアを、激しく叱責する。ノアは眩暈《めまい》を感じているのか、首を横に振った。マホロは呆然として、ノアを見つめた。団長の言う通りだ。《転移魔法》は繊細な魔法で、横入りなどしたらどこか別の知らない場所に飛ばされる可能性もあった。

「先に言ったら、断られるだろ。ここがお前の屋敷か？」

ノアは団長にひらひらと手を振り、改めて屋敷を見上げる。門の近くに立っていた使用人が、突然中庭に現れたマホロたちに驚いて駆け寄ってくる。

「え、ええ……あの」

マホロは動揺して団長とノアを交互に見やった。呼んでもいないのにノアがやってきた。どうしたらいいか分からなくて、マホロは今度は団長と使用人に目を向けた。

「マホロ様、お客様でしょうか？」

使用人が困惑しつつ言う。中庭での騒ぎが耳に届いたのか、屋敷の中からルークが現れた。

「ノア様？」

ルークは堂々とした態度のノアに、目を丸くしている。このまま帰れというわけにもいかなくて、マホロはルークに「あのぅ、ノア先輩が来てしまったので……」と伝えた。

「突然の訪問だし、別にもてなしはいらないぞ」

ノアはマホロたちの動揺を気にする素ぶりもなく言う。横で団長が「これだから高位貴族の坊《ぼん》は」とぶつぶつ文句を言っている。

「マホロ様、よろしいので？」

ルークは以前セオドアの屋敷に仕えていたので、ノアの発言を重んじていたが、さすがに今は主のマホロの確認をとっている。

「あ、はい……。お願いします」

マホロは苦笑してルークに言った。ルークはすぐに客人の手配を始めた。《転移魔法》を続けて使うには少し時間が必要なので、マホロはノアだけでなく団長も中へ招いた。団長は完成したマホロの屋敷へ来るのは初めてだったので、警備上の問題がないか巡回してくると屋敷の周囲を確認しに行った。

「けっこういいところじゃないか。あの腹黒王が下賜した屋敷というのは気に食わないが」

ノアは屋敷内部の装飾や造りを見て、顎を撫でている。ふいの客人で、メイドたちも慌ただしい。

「お茶をご用意しましたので、どうぞ」

ルークがノアと、外から戻ってきた団長を食堂へ誘《いざな》う。マホロは一度私室へ戻り、礼服を脱いでラフな服に着替えた。

「あれは公爵家の次男のノア様ですよね？　目を瞠《みは》る美しさですね」

メイドのマリアは、先ほど目にしたノアに乙女のような吐息を漏らす。母のような年齢のマリアから見てもノアの容貌は目を奪われるものらしい。

「噂ではかなり気難しい方とか……。粗相のないようにいたしますね」

マリアの耳にもノアの評判は届いているようだ。マホロが思うよりずっとノアは有名なのだろう。仮に粗相してもマリアを責めることはないが、ノアはいつまでいる気だろう。

階段を下りていくと、ちょうどカークとヨシュアが戻ってきたところだった。王宮に置いていく羽目になったことを謝り、マホロはふたりを伴って食堂へ向かった。食堂ではノアと団長が剣呑な雰囲気でお茶を飲んでいる。接待していたルークが安堵してマホロを出迎える。

「じきに夕食の時間になりますが……」

ルークの言葉に、団長が腰を浮かせる。

「俺はもう帰るから、俺の分は必要ない。マホロ、明後日登城する時はこいつを連れてくるなよ？」

団長はあからさまにノアに敵意を向ける。ノアもさすがにその前に帰ると思うが……。

「つうか、何でノアがいるんだよ？　え？　無理やりついてきたって？　団長、マジですか」

カークはノアが泰然とお茶を嗜《たしな》んでいる状況が理解できず、団長とこそこそ会話している。

「素晴らしい実力を持っていながら魔法団から入団を拒否された珍しい御仁ではありませんか。近衛騎士になったと聞きましたよ？」

ヨシュアはノアの向かいに座って、興味深げに尋ねる。ノアは一年間魔法団で実習を受けていたので、誰もが魔法団に入ると思っていたのだ。

「そこにいる心の狭い輩《やから》が俺の入団を認めなかったからな。公私混同の極みだ」

ノアは涼しげな顔つきで団長を揶揄《やゆ》する。団長はすごい形相でノアを睨《にら》みつけて去っていった。

団長と平気で口喧嘩できるノアに呆れた。

「ノアの面の皮の厚さにはびっくりですよ。そうか、士官学校を卒業したので来月までは長い休暇というわけですね」

ヨシュアはノアの不遜な態度に慣れてきたのか、むしろ感心している。マホロがノアの斜め向かいに座ると、よそゆきの微笑で迎えられた。

「ああ、だからしばらくここに居座るぞ。部屋は用意しなくてもいい、マホロと一緒でいいからな」

平然とすごい発言をされて、マホロはお茶のカップを持つ手が震えた。いつ帰るのだろうと思っていたのに、休暇の間、ずっと居座るつもりなのか？　自分にはノアを追い出す真似などできないが、想像以上の強心臓に絶句した。

不自然な沈黙の中、ノアだけが穏やかに微笑む異様な光景にマホロは冷や汗を流した。


ノアを追い出せないまま、朝を迎えた。ノアの主張する同じ部屋だけはなんとか拒んで、空いている部屋をノアに宛がった。ノアは不満そうだったが、マホロの部屋の前には必ずカークかヨシュアがいるので、勝手な真似をするわけにはいかなかった。アルビオンはノアにキャンキャン吼《ほ》えるので、屋敷内は騒がしい。あまりに吼えるのでいらっとしたノアが「ブルを出すぞ」と脅すと、アルビオンは急に大人しくなりノアにも従順になった。

翌日の登城には、ノアも同行すると言いだした。

「おいおい、何でノアまで来るんだ？　面の皮が厚いどころじゃないぞ？　そもそもお前、ナターシャ王女殿下と婚約したんだろう？　ここに入り浸っていていいのか？」

朝食の席でカークが呆れて言うと、ノアはふっと鼻で嗤《わら》った。

「俺とマホロはオトモダチらしいからなぁ？　オトモダチなら危険な場所に行く時はついていくもんだろ？」

ノアがことさら声を張り上げて『オトモダチ』を連呼するので、マホロはいたたまれなくなった。ノアは『オトモダチ』を逆手にとって、やりたい放題だ。昨日は替えの服がないと言って、王都の服飾店を営む男を呼び出し、何枚も衣服を買い込んだかと思うと、今度は身に着ける宝石が足りないと言って、宝飾店の店主を呼び出した。料理人のダグラスは何度もノアに駄目出しされて、胃を痛めている。舌の肥えたノアを満足させるのは大変だ。真の貴族とはこういうものだと目の前で見せられているうちに、マホロはこの屋敷を乗っ取られるのではないかと不安になった。

朝食の途中でルークがマホロに耳打ちする。

「マホロ様、門の前にノア様からの贈り物が届いておりますが、お入れしてもよろしいでしょうか？」

ルークに言われ、マホロは不安になってノアを窺った。

「あの……ノア先輩、贈り物、とは？」

いつのまに贈り物を用意したのか知らないが、門を通すことをためらうような代物なのだろうか？

「ああ、やっと来たか。しばらく世話になる駄賃だ」

ノアが気づいて鷹揚《おうよう》に手を振る。贈り物の内容については教えてくれなかったが、マホロは危険なものではないだろうと判断して許可した。

「お前が気に入るといいんだが」

ノアが微笑みながら席を立つ。ノアに手招きされ、マホロはおそるおそるついていった。足元にいたアルビオンも耳をぴんと立ててついてくる。カークとヨシュアも追いかけてきて、ぞろぞろと玄関から出る。

玄関ファサードの前には装飾も立派な一台の馬車が停まっていた。四頭立ての馬車で、葦毛《あしげ》の馬がついている。

「こここ、これは……」

マホロは驚きのあまり身を縮めた。駄賃というには高価すぎる代物だ。御者にはセオドアの屋敷で働いていた三十代くらいの男性が座っている。

「遅くなりまして申し訳ございません」

御者に謝られ、マホロは思わずルークの後ろに隠れた。

「ルークさん……どうすれば？」

いきなり馬車を、しかも馬と御者つきで贈られて、マホロは途方に暮れた。馬車がないと不便ではあったが、馬車の価格があまりに高かったのと、馬も揃えなければならないことがマホロを躊躇《ちゅうちょ》させていた。そういう振る舞いにはまだ慣れないのだ。だから当分は辻馬車でいいかなと考えていた。

「そうですね。まずは厩舎の手入れからでしょうね。馬の餌や用具も購入しなければ」

ルークはノアに慣れているから動揺していない。カークとヨシュアはマホロと同じように唖然としている。アルビオンは馬の大きさにびびって、尻尾《しっぽ》を股の間に引っ込めている。

「これ絶対、陛下と張り合ってるだろ？」

「かなり値の張る馬車ですね。どこから調達したのか……」

カークとヨシュアがこそこそと話している。

「いい馬だろう？」

ノアは公爵家の子息らしい言葉を吐いて、馬の背を撫でる。

「御者と馬は親父から託されたから受け取っておけ。馬の餌代くらいはあるよな？」

気に入っただろうと言わんばかりに圧をかけられ、いらないとも言えず、マホロは「ど、どうも……ありがとうございます……？」と絞り出すように礼を言った。アルビオンは馬に顔を近づけられて、キャンキャン吼えている。金持ちのやることにはついていけない。

「とりあえず……馬車の手配は不要になりましたね」

ルークに慰められ、マホロは考えるのを放棄して出かける支度をすることにした。

三十分後には贈られた馬車にマホロとノア、カークとヨシュアが乗り込んで王宮へ向かう。新しい馬車の乗り心地は大変すばらしく、馬車が揺れても尻が痛くない。アルビオンもリラックスして寝そべっている。いつも借りている馬車は粗悪な造りだったのだと気づき、カークとヨシュアに申し訳ない気持ちになった。

「今日の登城理由は何だ？」

向かいに座ったノアが、頬杖をついて聞く。

「あのなぁ……、当然みたいな顔で一緒に馬車に乗ってるけど、何でノアが来るんだ？　問題でも起こされたら、俺たちが団長に怒られるんだぞ？　マホロの護衛は俺たちなの！　オトモダチはいらないの！」

カークが文句を言いだす。

「階級社会に暮らすもの悲しさを感じますね。ノアがあまりに堂々としているので、何故か一緒に行くことを受け入れています」

ヨシュアもしみじみと言う。押しに弱いマホロは素直に答えてしまう。

「次の巡礼の打ち合わせが途中だったのと、陛下が新しい護衛を増やすとおっしゃって」

カークが「そんなことを言うと」と頭を抱える。

「護衛を増やすのか？」

ノアの目がきらりと光り、気に入らないとばかりに眉根を寄せた。

「マホロの知名度が爆上がりしているので、我々ふたりでは心もとないとお考えのようです。ノアは近衛騎士になるのですよね？　配属はどこですか？」

ヨシュアに聞かれ、ノアは面倒そうに「ナターシャ王女殿下付き」と答えた。

とげとげした会話が続いたが、ノアはカークとヨシュアにはある程度心を許しているようだった。以前、一緒に護衛をしていたからだろう。

ほどなくして馬車が王宮前の門で停まり、門番の確認を終え、通行を許される。馬車止めでマホロたちが降り立つと、出迎えに来ていたアルフレッドの従者が進み出る。

「マホロ様、そのまま近衛騎士団の訓練場のほうへ向かうよう、陛下が仰せです」

従者に言われ、マホロは頷いた。近衛騎士団宿舎は王宮の裏側に位置する。従者に案内され、マホロたちは中庭を通って移動した。

ふと視線を感じてマホロは周囲に目を走らせた。突き刺さるような視線は、マホロが会いたくない人物のものだとすぐに分かった。案の定、薔薇園《ばらえん》の間を、アリシア妃とお付きの侍女たちがぞろぞろと歩いているところに出くわした。このまま気づかないふりをして逃げたかったが、従者はすぐに跪いて、アリシア妃が通るのを優先する。

「まぁ、聖者様じゃありませんか」

アリシア妃は目ざとくマホロたちを見つけ、扇で口元を隠しながら声をかけてきた。マホロは仕方なくアリシア妃に一礼した。足元にいたアルビオンが、うーっと唸り声を上げている。

「アリシア様にお目にかかります」

階級が下のマホロは王族に会ったら頭を下げなければならない。同じようにカークとヨシュアも頭を下げたが、ノアはしらっとした顔でそっぽを向いている。本来なら不敬罪になるのだが、アリシア妃はそれを咎めなかった。

「聖者様、私の侍女の腰が思わしくありませんの。部屋へ来て、治療してはもらえないでしょうか？」

アリシア妃はよそゆきの声で優しげに言ってくる。その裏に企みがあるのは分かり切ったことだ。

「申し訳ありません。陛下の許可をお持ちでない人は治療できないことになっております」

マホロはうつむいたまま、あらかじめ考えておいた言葉を告げた。アルフレッドからはアリシア妃の頼みは無視していいと言われている。

「まぁ……ひどいわ、聖者様は苦しんでいる私の侍女を助けないとおっしゃるのね」

涙ぐんでアリシア妃が言い、一転して重苦しい緊張感に包まれた。侍女たちも「お優しいアリシア様」とマホロを暗に責め立てる。横にいる従者は青ざめている。アリシア妃の誘いを拒絶するマホロに驚いたようだ。マホロの事情を知らなければ、王族の誘いを断るなんてありえないことだろう。

「陛下にお頼み下さい」

感情のない声でマホロが繰り返し突っぱねると、アリシア妃は嘘泣きをやめた。

「あら、そちらにいらっしゃるのは公爵家のノアじゃない。ナターシャ王女殿下との婚約おめでとう」

アリシア妃は気持ちを切り替えたように、そらぞらしくノアに話しかけた。

「……どうも」

ノアはアリシア妃と視線を合わさないまま、そっけなく答える。するとアリシア妃の横にいた侍女が目を吊り上げて「まぁ！　何と無礼な！」と憤慨する。

「いくら公爵家の子息とはいえ、王族に対する礼儀がなっていないようですね」

侍女はアリシア妃を守るように尖った声でノアを睨みつける。アリシア妃の傍にいる侍女はアリシア妃の信奉者か、アリシア妃を恐れる者に分かれている。

「セオドア様は新しい奥方を迎えたそうね。どんな方かしら？」

アリシア妃は憤《いきどお》る侍女を楽しそうに眺めながら、切れ長の瞳を向けた。ノアはふっと鋭い視線をアリシア妃へ注いだ。マホロが横でドキドキしていると、ノアは顔を歪めてうつむいた。まるでミランダが命を落としたかのように。思ったより演技派のノアに、感心した。

「ふふ……、ふふふ……っ、セオドア様と添い遂げられるなんて、羨《うらや》ましい限りだわ」

アリシア妃はノアの態度に満足した様子で去っていった。マホロははらはらしつつアリシア妃を見送った。

「ミランダさんが死んだと思ったみたいですね」

アリシア妃一行が完全に去った後、マホロはホッとして呟いた。ミランダが実は生きていて完全に治癒したと知ったら、アリシア妃は烈火の如く怒るだろう。想像しただけで身震いがする。

「陛下がお待ちです。急ぎましょう」

従者が気を取り直したように言い、中庭を抜け裏側にある近衛騎士の訓練場へ向かう。訓練場は広い敷地に訓練に使う道具や器具が置かれている。そこに十名ほどの近衛騎士の制服を着た若い男性が立っていた。彼らの前にはアルフレッドと軍の最高司令官と呼ばれるオーウェン・セント・ジョーンズがいた。白髪のがっしりした身体つきの中年男性で、セオドアの従弟《いとこ》にあたる。四賢者のひとりで、式典で挨拶を交わしたことがある。

「マホロ、来たか。おや、ノアも一緒とは」

アルフレッドはマホロの横にいるノアに気づき、おかしそうに口元に手をやる。マホロはノアがアルフレッドに食ってかからないか心配だったが、ノアは表向き礼儀を守り、一礼した。

「オーウェンと面識はあるな？　近衛騎士団の団長も兼任しているので、彼にも同席してもらうよ。さて、君の護衛だが、立候補を募ったら思ったよりも集まってしまってね。こちらで選抜して十名に絞ったので、この中から好きな者を選ぶといい」

アルフレッドにそう言われ、マホロはおののいて腰を引いた。勢揃いしている近衛騎士たちは皆マホロに熱い視線を向ける。

「え……、と」

選べと言われても、見た目だけでは騎士としての善《よ》し悪《あ》しなど判断できない。マホロが困っていると、オーウェンが微笑んだ。

「トーナメント形式で闘わせて、実力を見るのが一番いいだろう。全員採用でも問題はないが」

オーウェンの申し出を受けようかと思ったが、強ければいいというわけでもない。そもそも近衛騎士になっている時点で、実力は皆あるはずだ。何かを取捨選択するのが苦手なマホロは、考え込んだ末に口を開いた。

「皆さんが嫌でなければ、交代制にして全員に護衛していただきたいです」

マホロが心を決めると、近衛騎士たちはいっせいに喜びの声を上げた。分不相応かと思ったが、せっかく集まってくれた近衛騎士をこれ以上能力で分けるなんておこがましい気がした。それに交代制にすれば、カークやヨシュアも楽になるはずだ。

「では、そのように。ああ、マホロ。念のため、彼らに祝福の魔法をかけてくれるか？」

和やかな雰囲気の中、アルフレッドは笑みを絶やさぬまま言った。その場にいた者は皆、頬を上気させてマホロを見つめる。マホロは内心ひやりとして、息を呑んだ。アルフレッドは近衛騎士すべてを信頼しているわけではないのだ。マホロが魔法をかけることで、王国に背く裏切り者がいないか見極めようとしている。

「分かりました……。光の精霊王、呼びかけにお応《こた》え下さい」

マホロは宙に光の精霊王を呼ぶシンボルを描き、手を組んだ。ふっと神々しい空気が満ち、光の精霊王が現れる。

「おお……っ、これが光の精霊王……っ」

オーウェンは精霊を視《み》る目を持っているようで、歓喜にあふれた声で膝をついた。オーウェンのその様子に近衛騎士たちも急いで跪いた。アルフレッドもすっと膝を折る。

「そこにいる近衛騎士たちに、祝福の光をお与え下さい。私の護衛騎士となる者たちです」

マホロが目を閉じて告げると、光の精霊王が『承知した』と錫杖を振る。光の粒が近衛騎士に降り注いだ。すべての者に光は降り注がれた。王国やアルフレッドに害をなす者は、ここにはいない。そう思って安堵したマホロに、光の精霊王が後列の右端から二番目にいる口ひげを生やした男を錫杖で差す。

『彼の者はのちのち、そなたに災いをもたらすであろう』

光の精霊王の重々しい言葉が響き渡る。すうっと光の精霊王が消え、マホロの顔から一気に血の気が引いた。王国やアルフレッドに背く者はいなかったが、マホロ自身を狙う者はいた。マホロはこの事実をどうやってアルフレッドに伝えるべきかと頭を悩ませた。

「トーマス、こちらへ来い」

マホロが何か言いだす前に、オーウェンが立ち上がり、恐ろしい声音で呼びつけた。マホロはオーウェンが災いをもたらす者と名指しされた男を的確に呼びつけたことに驚いた。オーウェンは光の精霊王の言葉を聞き取ったのだろうか？

「は、はい……？」

戸惑った様子で前に進み出たトーマスは、二十代半ばの肩幅のある男性だった。オーウェンの前で跪き、不安そうに見上げる。

「お前は聖者であるマホロに害をなすと光の精霊王がおっしゃった。何か弁明はあるか？」

オーウェンははっきりとそう言った。やはり光の精霊王の言葉を理解している。さすが四賢者のひとりだとマホロは感銘を受けた。

「そ、それは……っ」

トーマスはサッと青ざめ、うろたえたように腰を浮かせた。トーマスはすぐさまマホロに顔を向け、がばりと頭を地面に擦りつけた。

「誓って！　誓って私は聖者様に害をなそうなどとは考えてはおりません……っ、し、しかし……、その……」

おろおろして言い淀むトーマスに、他の近衛騎士がざわつく。乾いた唇を嚙み締める。

「ですが、その……っ、聖者様の護衛騎士に立候補するよう命じられたのも……事実であります。その、アリシア様から聖者様を助けるようにと……」

苦しい言い訳に、マホロは息を吞んだ。隣にいたノアも、忌々しそうにうなじを搔く。

「毒婦め」

ノアが吐き捨てる。アリシア妃はこんなところにまで手を回している。アリシア妃の息がかかった者がマホロの護衛騎士に選ばれたら、この先どんな目に遭っていたか分からない。光の精霊王の助言がなければ、大変な未来を招いていた。

「え、ど、どういう……？　アリシア様は一体……？」

「トーマスがどうして……？」

トーマスは信頼に値する者だったようで、仲間内から困惑の声が飛び出る。

「やれやれ、釘を刺しておいたというのに……」

アルフレッドはオーウェンと話し合い、トーマスを隔離することにした。近衛騎士たちはまだざわついている。

「よいか、このことは他言無用だ。残りの近衛騎士をマホロの護衛騎士に任命する。明日から始動するように」

動揺する近衛騎士を静かにさせ、アルフレッドが言い渡す。

「マホロ、執務室で先日の話の続きをしよう。ああ、ノア。君はナターシャのところに顔を出して親交を深めてくれ。手土産のひとつでも持ってきてもらいたかったのだけどねぇ」

アルフレッドはオーウェンと別れ、従者を伴い歩きだした。ノアは何か言い返そうとして口を開いたが、黙ってしぶしぶと別行動に出た。

「驚きましたね。トーマス卿にマホロの護衛騎士になるよう命じたのは、どういう思惑でしょうか？」

訓練場から離れると、ヨシュアが声を潜めて先ほどの出来事を振り返る。

「何でアリシア様はそこまでマホロを嫌うんだ？　マホロって別に嫌われるような性格してないだろ？」

カークは意味が分からないと言いたげに頭の後ろで手を組む。これまでもアリシア妃がマホロに難癖をつけてきたことがあり、事情を知らないまでもカークとヨシュアは何かあると察している。

「この世には、光の存在というだけで憎悪する者もいるよ」

アルフレッドはぽつりと呟く。アリシア妃の息子であるノアの恋人だったからという理由はあるが、マホロにもどうしてそれほどアリシア妃に憎まれるのか理解できずにいる。光魔法の血族が大嫌いだと言っていたが、アルフレッドの言葉がすべてを語っているのかもしれない。

執務室につくと、従者とカークとヨシュアは廊下で待機する。マホロはアルフレッドとふたりきりで、次の巡礼先での打ち合わせを始めた。アルビオンは長椅子に寝そべっている。ある程度話がまとまったところで、マホロは居住まいを正した。

「陛下、あの……お聞きしてもよろしいでしょうか」

メイドの持ってきたお茶をソーサーに戻し、マホロは上目遣いになった。

「答えられることならね」

いつものように軽い口調でアルフレッドは足を組む。

「……ジークフリート……の、子どもはどうなったのですか？」

マホロは必死に感情を抑えて尋ねた。ジークフリートは再会した時、闇魔法の力を喪《うしな》っていた。捕らえられたジークフリートは望まない形で子を作らされたのだろう。あれから時が経ち、その子どもがどうなったか気になった。闇魔法は一子相伝で、子どもに闇魔法の力は受け継がれる。

「君は知らないほうがいいだろう」

アルフレッドは顔色ひとつ変えず、静かに言った。時間経過を考えるとまだ生まれていないはずだ。堕胎させたのだろうか？　ジークフリートの能力を奪うために必要だった子どもだ。ジークフリートが死んだ今、子どもを生かしておく理由はない。

「国を守る義務のある俺は、時には非道な手を選ぶこともある。それは君には耐え難いことだろう。だから、知らないほうがいい」

アルフレッドに重ねて言われ、マホロは何も言えなくなった。最悪のシナリオが頭を過ぎったが、反論できなかった。アルフレッドには王としての立場がある。もしその子を生かしておけば、のちのちの災いになるのは目に見えている。

気まずい沈黙を掻き消すように、ノックの音がした。入れとも言わないうちからドアが開き、仏頂面《ぶっちょうづら》のノアが勝手に入ってきた。

「義務は果たした」

ノアはそう言うなり、マホロの隣に勝手に腰を下ろす。寝そべっていたアルビオンが寝ぼけ眼で飛び起き、アルフレッドの脇へ移動した。平然と足を組むノアは、相手がこの国の王だというのに不遜な態度だ。

「そうか。ナターシャは君のことを綺麗な悪魔と呼んでいるらしいよ？」

アルフレッドはにやりと言う。

「は？　言っておくが俺は一度も毒を吐いてないぞ。子ども相手だし。あのちっこいのは、本当の悪魔を知らないらしいな」

「子どもって本能で気づくからね」

態度の悪いノアに、アルフレッドはむしろ楽しげに会話している。はらはらして見守っていたマホロは、何となく気づいた。アルフレッドはノアを気に入っているのだ。忠誠を態度で示すレオンを気に入っているように、王になっても態度を変えないノアを好ましく思っている。だからノアの口や態度が悪くても、咎めたりしない。けれどだからといって、アルフレッドがノアの味方とはいえない。どんな相手でも彼にとっては駒でしかないのかもしれないからだ。

「こいつを囲うつもりか」

ノアが不愉快そうに、アルフレッドを見据えた。自分のことを言っていると気づき、マホロは口を挟むべきか迷った。

「マホロを近衛騎士で囲って、王家の所有物とアピールするつもりか？　王国の権威を高めるために？」

ノアはアルフレッドがマホロの護衛騎士を増やしたのが気に食わないらしい。

「まだ残党処理が終わっていないからね。万が一にでもマホロに危害を加えられたら困る。もちろんマホロの敵は残党だけじゃないようだけど」

アルフレッドの返答に、ノアは身を乗り出した。

「巡礼もだんだん規模が大きくなっているそうじゃないか。マホロ、お前、巡礼についてどう思っているんだ？」

アルフレッドを見据えていたノアが、マホロに向き直る。

「どう……とは？」

マホロは質問の意味が分からなくて、目を丸くした。

「あれはお前がやりたいことなのか？　お前は好きでやってるのか？」

ずばりと聞かれ、マホロは一瞬頭が白くなった。巡礼を好きでやっているかなんて、考えたこともない。

「好き……というか、頼まれたからやっている、というか……。でも、治癒された人を見るとよかったと思います」

改めて自分の気持ちを考えてみて、マホロはそう答えた。陛下からの命令に近い頼みだったので、引き受けるのが当たり前だ。何よりも傷病者を救うのは善い行いだと思う。何故それをノアが気にするのか分からなかった。

「お前は頼まれたら何でもやるのか？」

うさんくさそうな目つきで問われ、マホロはムッとした。

「何でもはやりません。じゃあノア先輩は何もしないほうがいいと言うんですか？」

傷病者をそのまま放置するのは胸が痛む。自分には治せる力があるのだから。

「陛下はお前を聖者に祀《まつ》り上《あ》げて利用しているんだ。教会の権力を抑え込みたい目論見《もくろみ》があるんじゃないか？　そういう裏の事情まで考えて、お前は従っているのか？」

ノアの言葉にハッとした。

「分かりません。俺はそこまで考えてやっているわけでは」

マホロが狼狽《ろうばい》すると、アルフレッドが小さく笑った。

「巡礼は俺がマホロに頼んでいる。報酬は十分与えている。それを悪いことのように言うのは、ノアの偏見ではないかな」

アルフレッドはこの言葉遊びを楽しんでいるらしく、ノアの視線も笑顔で受け止めている。

「ノアはまるで所有物みたいにマホロを扱うんだね。正直に言ったらどうかな？　君を通さないでマホロの行動を決めるのは気に入らないと」

いくぶん煽《あお》るようにアルフレッドが言うと、ノアがこめかみを引《ひ》き攣《つ》らせた。

「マホロは自立したひとりの人間だよ。今は彼自身の力で生活している。ノアにマホロの行動について何か言う権利はないはずだ。後見人はセオドアだ。ノアはマホロの保護者にでもなったつもりかな？」

畳みかけるようにアルフレッドが言い、マホロはノアがキレて執務室を破壊するのではないかと危ぶんだ。

「陛下にとってマホロは簡単に操作できる駒でしょうね。マホロの行動が何を引き起こすか理解させずに利用し続けるのは、卑怯では？　黙って見ていると陛下はあれもこれも流されやすいマホロに押しつけるだろうし。ああ、陛下には心配してくれる友人などいないだろうから、マホロを心配する俺の気持ちなんて理解できないかもしれませんね？」

「ノア先輩！」

慇懃《いんぎん》無礼《ぶれい》なノアに、マホロは思わず大声を上げた。アルビオンも弾かれたように、キャンキャン吼えだす。これ以上黙っていると、どうなるか分からない。ノアとアルフレッドが対立するのは困る。アルフレッドは愉快そうに目を細めた。

「君はマホロを幼子みたいに扱うんだね。結局、君は俺がマホロと親しくしているのが気に入らないだけなんじゃないかな？」

ノアの挑発はアルフレッドには効かなかったようだ。マホロはふたりの言い争いを止めたくて、「あの」と会話に入った。

「ノア先輩、俺はまだ陛下と話があるので、別室で待っていてもらえませんか？」

少し強引な言い方は、マホロの不安から生じたものだ。今はまだふたりは睨み合う程度ですんでいるが、喧嘩に発展したらどうなるか。

（口喧嘩程度なら……陛下に害を及ぼす者とは認定されないよな？）

マホロが恐れているのは、ノアに回復魔法を使えなくなることだ。自分には絶対服従の呪法がかけられている。アルフレッドに命じられた『俺や、国に仇《あだ》なすものに回復魔法を使ってはならない』という制約がある。その一文にノアの存在が引っ掛かるのは絶対に避けなければならない。

「……俺を追い出すのか」

ノアは不機嫌そうに眉を顰め、じろりと睨んできた。

「お願いします」

マホロは頭を下げた。ノアは何か言いたげだったが、がりがりと頭を掻くと立ち上がった。無言で出ていくノアを見ながら、マホロは疲れを感じた。もともとアルフレッドを煙たがっていたノアだが、最近は表向きの礼さえとらなくなっている。そんな態度をどうして許しているのか、アルフレッドにも疑問を抱いた。

「……陛下は、ノア先輩を嫌ってはいませんよね？」

静けさを取り戻した部屋で、マホロは確認するように窺った。アルフレッドは何も言わずに、にこりと笑う。

「ナターシャ王女殿下と婚約させたのも、ノア先輩を必要としているから、ですよね……？　でも、どうしてそこまで？」

アルフレッドがノアにこだわる理由を知りたくて、マホロはじっと見つめ返した。ノアの異能力を買っているのだろうか。確かにノアの異能力は、向かうところ敵なしだ。破壊するだけなら、だが。

「俺が彼を取り込みたい理由は、簡単だよ。彼には魅了の力があるからだ」

アルフレッドは包み隠さず真実を教えてくれた。

王族には魔法とは異なる、『魅了』という生まれながらの能力がある。王位継承順位が高ければ高いほどその能力は発揮されるらしい。

「王族の魅了の力は大変恐ろしいものでね。かの悪政で知られるアルバート国王が、何故側近から命を狙われなかったか、何故官職に就く者たちがアルバート国王を見限らなかったか。どれほど愚かな王だろうと、無体な真似をしようと、魅了の力でアルバート国王は内紛を起こさせなかった。俺自身にもその力は受け継がれている」

アルフレッドの話す過去の国王については、マホロも歴史で学んだ。確かに闇魔法の血族が革命を起こそうとするまで、アルバート国王はやりたい放題だった。

「王宮で働く者たちは皆、俺に忠実だ。国民も新しい国王を歓迎している。とはいえ、王族が少なすぎる。ジークフリートたちによって大勢の王族を殺され、王族の力は確実に落ちている。俺ひとりの力では国中の者に忠誠心を持たせるのは難しい。そのためにも王族を増やさなければならない。正式に認めることはできなくても、王族の血を引くノアを迎えたい理由をこれで理解してもらえるかな？」

アルフレッドの説明にマホロは納得した。ノアは毒舌で有名だが、毒を浴びせられた者でさえ、ノアにじっと見つめられると心を奪われる。魅了は洗脳に近い能力だ。

（そういえば、王族ではないのにジーク様も人を魅了する力を持っていた。多くの人がジーク様を信奉していた……）

何か引っ掛かるものを感じたが、どうしてかは分からなかった。

「あの……前からお聞きしたかったんですが、陛下には魔力がありますよね……？」

マホロはかねての疑問をぶつけた。光の精霊王を呼び出した際も、アルフレッドは光の精霊王が視えているかのように視線を動かしていた。王族に魔力はないというのは、本当だろうか？

「魔力はある。王族にも魔力がある者はたびたび生まれていた。アリシアという闇魔法の血族が生まれたようにね。五名家の血が王族には流れているんだ。それなのに何故、王族と結婚する者は魔法回路がない者とされているか、知っているか？　闇魔法の血を引く王族が生まれたのは、アリシアが初めてではないのだよ。闇魔法の血を恐れた王族は魔法回路を持たない者と婚姻することで、その血を薄めようとしてきたのだ」

　この国の根幹を揺るがす話だった。アリシア妃以外にも、王族に闇魔法の血族が生まれていたなんて。

「王族には年に一度、秘められた儀式が存在するという話を以前したね？　大いなる勘違いだが、先祖は魔力を水晶に吸収させ、失うことで闇魔法の血族が生まれなくなると信じていた。俺が王になった時点で廃止したが。そもそも闇魔法を排除しなければ、今回のような惨事は免れたはずなのに……。確かに俺には、魔力がある。光の精霊王らしきものが視える。何をしゃべっているかまでは分からないが、神々しさは感じていたよ。俺はね、マホロ。いつか王族もローエン士官学校へ通える日がくるべきだと考えているんだよ」

　初めて知る事実に、マホロは頬を上気させた。アルフレッドの思いの一端を知ったことで、親近感を抱いた。これも魅了の力のせいだろうか？　アルフレッドはローエン士官学校に通いたかったのかもしれない。それにしても魔力を吸い上げる水晶があるなんて——まるで水晶宮にあるさまざまな力を持つ水晶のようだ。いや、ひょっとしてその水晶は、水晶宮からもたらされたのではないか。

「さて、ノアのせいで話が脱線したが、話を戻そう。次の巡礼を終えた後、ぜひトルネリン村へ慰霊に行ってほしい」

　きびきびと言われ、マホロは夢から醒《さ》めたように身を固くした。トルネリン村——以前、ジークフリートがほぼ全ての村人を殺害した場所だ。ジークフリートの異能力で操られた村人は、皆自ら死んでいった。恐ろしい記憶だ。地図上では次の巡礼地の近くにトルネリン村がある。

「分かりました……。村人のために祈ってきます」

マホロが神妙な顔つきになると、アルフレッドも深く頷いた。

「教皇もあの地を訪れて祈りを捧《ささ》げているから、教会も文句は言わないだろう。教皇より先に訪ねると問題かもしれないからね」

教会と聞き、マホロは表情を曇らせた。

「教会は……俺を快く思っていないのでしょうか？」

教会の仕事を奪っていると言われているのは、以前も耳にした。水魔法では治せない病気や身体の欠損を光魔法は治癒できる。それによって教会の権威が失われたという話も聞く。教会と対立するつもりはさらさらないので、軽率な行動は自重したい。

「教皇からは、マホロを聖者として教会に受け入れたいと打診がきている」

マホロは驚愕《きょうがく》した。カークとヨシュアが話していたことは本当だったのか。アルフレッドの戴冠式で見かけたくらいで教皇と面識はない。

「俺はそういう器では……。身を擲《なげう》って人々を救うという奉仕の心もないですし」

自分が教会に招かれたらどうなるかを想像して、マホロは首を横に振った。

「そもそも光魔法の血族なら誰でも俺と同じ力は使えるし……。皆さん、光魔法の血族は俺しかいないと思っているから、そんなことをおっしゃるのではないでしょうか」

「そうかもしれないね」

アルフレッドは否定しなかった。変に持ち上げられるより、率直に言ってもらったほうがマホロとしても助かる。

「とはいえ……光魔法の者がすべて愛に満ちた人格者かというと、そうでもないと思うけどね」

低くアルフレッドが呟き、マホロはいぶかしんで首をかしげた。

「それで……」

アルフレッドが何か言いかけた時、ノックの音と共に従者が入ってきた。

「陛下、ローズマリー様が産気づかれました」

従者の焦った声に、マホロはアルフレッドと目を見交わした。王妃であるローズマリーは身重だ。光の精霊王は、男の子を授かっていると教えてくれた。

「予定より早いな。マホロ、すまないが初めての子だ。傍で見守ってくれるか？」

アルフレッドはマホロに手を差し出した。

「もちろんです」

子どもを産むのは命がけだ。自分が傍にいることで、母子を守れるならとマホロは一も二もなく頷いた。

廊下で待機していたカークとヨシュアを連れ、従者に導かれて産室へ向かった。侍女が慌ただしく動き回っている。アルフレッドが現れたことで、その場で甲斐甲斐《かいがい》しく働いていた侍女や医師がいっせいに跪く。

「陛下、ローズマリー様ですが、予定よりも早く破水なされました」

医師が代表してアルフレッドに報告する。

「そうか。礼は不要だ。今は王妃と子のために尽くしてくれ」

アルフレッドがその場にいた全員を立ち上がらせ、仕事に戻るよう命じた。

「我々が命に代えましても、御子《みこ》をお守りします」

医師たちは決死の形相で告げる。医師たちにとっても、新しい世継ぎを何としても無事に取り上げようと意気込んでいる。マホロは何かあったら呼ぶと言われ、隣の部屋で控える。アルフレッドは執務のため、侍従に書類と机をそこへ運ばせている。マホロはヨシュアにノアへの言伝《ことづて》を頼んだ。

「すみません、ノア先輩を別室に待たせているんです。一緒に屋敷へ戻るつもりだったけど、ローズマリー様の子どもが生まれるまでは、王宮を離れられなくなったと伝えて下さい。先に帰ってもらえれば」

待ちくたびれていたノアが言伝を聞いて怒るかもしれないとハラハラしたが、理由がローズマリーの出産だったおかげか、戻ってきたヨシュアは素直に帰っていったと教えてくれた。

「ノアは一度セオドア様の屋敷へ戻るので、馬車を借りるとのことです」

マホロは了解した。もともとノアからの贈り物なので、好きに使ってもらいたい。

産室から女性の呻き声がして、マホロは緊張が高まった。

無事元気な子どもが生まれるようにと、切に祈るばかりだった。

ローズマリーは難産だった。産室からはローズマリーの苦しむ声がずっと聞こえていて、マホロは気が気ではなかった。夜になるまで苦しみは続き、マホロは侍従から別室で休むように言われた。アルフレッドはローズマリーの初産を見守るようだ。

「何かあったら、起こして下さい」

侍従にそう頼み、マホロは宛がわれた部屋で仮眠を取った。慣れない部屋とローズマリーの出産が気になったせいで、眠りは浅い。じっとりと湿気を含む暑い夜だった。マホロは咽の渇きを覚え、ベッドから起きた。足元で眠っていたアルビオンも身を起こし、伸びをする。マホロはベッド脇に置かれたランプに火を灯《とも》した後、水差しから水を飲み、夜風に当たろうとバルコニーに出た。

二階にある客間のバルコニーから空を見上げると、月が皓々《こうこう》と輝いている。マホロは汗ばんだ身体に風を心地よく感じながら、庭園を見下ろした。ローズマリーはどうなっているのだろうか。後で様子を窺いに行こうと、マホロはぼんやりと闇に浮かぶ庭園の黄色い薔薇を見つめた。

昼間、ノアから言われた言葉が頭に残っていた。

『あれはお前がやりたいことなのか？　お前は好きでやってるのか？』

ノアに巡礼のことを聞かれ、マホロは胸を衝《つ》かれる思いだった。光魔法を使うことは嫌ではないし、救われた人々を見るとよかったと思う。だが、好きかと言われると、はっきりそうだとは言えなかった。アルフレッドから依頼されなければ、人々を救うなどと考えもしなかっただろう。知り合った人を癒すくらいはしたかもしれないが、積極的に苦しむ人々を救いたいと思ったことはない。

（俺が好きなことって何だろう？）

考えてみると、とっさに何も浮かばない。学ぶことは好きだ。ローエン士官学校にこだわる理由は、知り合いが増えたことも大きいが、そこが学びの場であるからだ。無知である自分が世の中の真理をひとつひとつ学ぶことに充実感を覚える。

（でも俺は将来の目標があるわけでもないし……、何かやりたいことがあるわけでもないんだよな……）

これまでいかに自分が流されて生きてきたか分かる。小さい頃は仕方なかった。水晶宮から連れ出され、術後は孤児院へ行き、サミュエル夫妻に引き取られた。その後はジークフリートの従僕として指示を聞く立場だった。ジークフリートがいなくなってからも使用人として命じられるままにローエン士官学校に入るしかなかった。だが、今は自分で未来を選べる。

（学校を卒業したら、俺はどうするのだろう？　陛下の望むように宮廷魔法士としてやっていくのだろうか……）

未来について思い描こうとすると、いつも頭の中に靄《もや》がかかる。主体性のある人生を果たして自分が送れるのだろうかという不安が押し寄せてくる。

（俺は……逃げているのかな）

血族である光魔法の存在から、自分は逃げているのかもしれない。短命の絶滅寸前の同族がいることから、マホロはずっと目を逸らしている。竜の心臓を埋め込まれた自分は長い命をもらったから——。

(でも俺に何ができる? 光の精霊王は門を開けて次元を戻せと言うけど、俺はまだ死ぬのが怖い……。たとえ光魔法と闇魔法の血族を救えると分かっていても、考えるだけで怖くて身震いしてしまう。俺は臆病で、駄目な人間だ。いつか彼らのために死を選ばなければならないのに……今手にしているすべてを手放さなければならないのがとても苦しいんだ)

自分の生き方が曖昧模糊《あいまいもこ》としているのは、ジークフリートが反旗を翻《ひるがえ》した時から気づいていた。ローエン士官学校に入学した頃はよかった。たとえ植えつけられたものだとしても、ジークフリートのために生きるという確固たる軸があった。それが失われた時から、マホロは自分が海図のない海に放り出された船のように思えてならない。

『死を、恐れるな』

ジークフリートの声が蘇って、マホロは目を潤ませた。ジークフリートが本当にもういなくなったのだと日を追うごとに寂しさが募った。悪魔のような残酷さを持つ人だったのに、死んで当然と言われるような人なのに、ジークフリートが死んでしまってマホロの心の何かが欠けた。

死を恐れない生き方はマホロにはできない。周囲の人が死ぬのも自分が死ぬのも恐ろしい。子どもの頃に次々と死んでいった仲間たちの姿は、マホロの人生観に影響を及ぼしていた。

ジークフリートもノアも、死を恐れない。フィオナやアリシア妃も。闇魔法の血族はそういうものなのだろうか？　それとも、自分が情けない弱虫なのだろうか？

物思いに耽《ふけ》っていると、足元でアルビオンが『クーン』と鳴いている。

（あ……）

アルビオンを抱き上げたマホロは、ふっとノアの気配を感じた。ノアが近くにいる気がする。そう思った矢先、薔薇園にノアの姿が見えた。セオドアの屋敷へ行ったはずだが、戻ってきたのだろうか。目で追いかけると、ノアが気づいたように顔を上げた。夜の闇の中、視線が合ったのが分かった。ノアはじっとこちらを見つめている。

マホロが黙ってその場に立っていると、庭園を巡回していた衛兵がノアを見つけて話しかけている。勝手に庭園を歩き回って注意されているのかもしれない。だが、ノアは衛兵と少し話すとこちらに向かってくる。

ノアが杖を取り出し、何か呟く。すると一陣の風がノアの足元で起こり、ノアの身体がふわりと浮かんだ。

「……」

宙に浮かんだノアが、風魔法を操ってマホロのいる二階のベランダまで来るのを見守った。闇魔法の血族は光魔法以外の魔法をすべて操れるのだ。

ノアがバルコニーの手すりに片方の足をつけて、軽々とマホロの前に飛んできた。マントがばさりと音を立てる。アルビオンは突然現れたノアにびっくりして、牙を剝く。

「ノア先輩……」

マホロはノアを複雑な面持ちで見つめた。ノアは長い髪を緩く縛っていて、昼間と同じ礼服だ。

「お前とふたりきりで会うのも簡単じゃなくなった」

ノアは自嘲気味に呟き、勝手に部屋へ入る。マホロはそれを追いかけた。

「生まれたのか？」

ノアはベッドに腰を下ろして聞く。

「あ、いいえ……。多分、まだ、だと。何かあったら呼ばれることになっています」

マホロは居心地の悪さを感じて、視線を落とした。ノアとふたりきりのこの状況は緊張する。ノアとどういう話をすればいいいか、分からない。前は一緒にいるのが自然だったのに。気まずい沈黙が落ちた。マホロは腕からアルビオンを下ろした。アルビオンはノアに近づき、足元の匂いを嗅《か》いで少し距離をとった。

——ノアに聞かねばならないことがある。

「ノア先輩……どうして陛下と誓約魔法を交わしたのですか？」

意を決して、マホロはノアに尋ねた。また喧嘩になるとしても、聞かずにはいられなかった。絶対服従の呪法からマホロを守るために、ノアはナターシャとの婚約を受け入れたとアルフレッドは言った。

「前に言っていた、自分の中で決着がついた、というのは……そのことだったんですか？　俺のために？　俺がこれ以上、陛下に利用されないために……？」

マホロが低い声で質問を重ねると、ノアが面倒そうにそっぽを向いた。

「陛下から聞いたのか」

ノアの不機嫌な態度に、マホロはにじり寄ってしまった。

「どうして？　どうしてそんな真似を……？　俺は、そんなことされても嬉しくありません」

つい声が高くなってしまい、マホロはうつむいた。自分のためにノアがあれほど嫌がっていたナターシャとの婚約を受け入れたのが納得いかなかった。礼を言うか謝罪をするべきかもしれないが、どうしてという思いが強かった。

「別にお前のためにやったわけじゃない。俺のためだ。陛下に利用されるお前をもう見たくなかった」

カチンとしたようにノアが吐き捨てる。

「お前が勝手に陛下の呪法を受け入れたように、俺も勝手に陛下と誓約魔法を交わした。お互い様だろ。それについて、あれこれ言われたくない」

「だとしても俺は――」

もやもやして、マホロは顔を歪めた。するとノアが苛立ったように立ち上がり、マホロの腕を摑んできた。気づいたら抱きしめられていて、マホロは息を呑んだ。

「そんな話、どうでもいい」

ノアはマホロの腰を引き寄せると、強引にベッドに押し倒してきた。身体がひっくり返って思わず声を上げると、ノアがのしかかって、マホロの身体を押さえつける。

「トモダチごっこは飽きた。お前を抱きたい」

ひやりとする冷たい空気を湛《たた》えて、ノアがマホロを見下ろしてくる。話の途中だったのもあって、マホロはノアに押さえつけられた腕を押し返した。

「俺は……っ、もうノア先輩の恋人では……っ、王女殿下に申し訳ないです」

抗うマホロをノアが押さえ込む。ノアは大して力を入れているふうでもないのに、力では敵わなくてマホロは抗った。

「俺に抱かれるのは嫌か？」

ノアはマホロの身体に馬乗りになり、両腕を捕らえる。シーツに腕が縫い留められて、怖いくらいまっすぐ見つめてくるノアの視線にさらされる。

「俺は……」

マホロがノアの視線を受け止めきれず顔を背けると、ノアの吐息が耳朶《みみたぶ》にかかる。

耳元でノアが囁き、マホロは反射的に見上げた。乞うような眼差しがマホロを見つめている。

「――ジークフリートを殺した男の腕には、抱かれたくない？」

マホロは何も言い返せなくて、唇を嚙んだ。

ノアと自分の間には、埋めきれない溝ができてしまった。自分でもどうしていいか分からない。ノアが間違っているわけでもないし、自分が正しいわけでもない。ノアが今でも好きだと思うのに、自分の中には素直になれない苦しい想いがある。

「俺には……分かりません。ノア先輩との関係をどうしたらいいのか……」

マホロは正直な気持ちをぶつけた。ノアの長い髪が滑り落ちてきて、ふたりの間で揺れる。

「無理やりでも、お前を抱く」

ノアは無表情に、マホロの首筋に顔を寄せて言った。首筋に痛くなるほど痕をつけて、ノアが耳朶をしゃぶる。

「ノア先輩……っ」

マホロが嫌がって身をよじると、ノアは耳朶に舌を差し込み、匂いを嗅ぐように鼻先を押しつけてきた。

「今すぐ抱かないと、頭がおかしくなる。お前をどこかに閉じ込めてしまいたい衝動と常に闘っているんだ」

ぞくりとした。ノアの愛情が行き場を失い、暗い情欲へと変貌するのが怖かった。目を閉じて抵抗をやめると、マホロを押さえつけていたノアの片方の腕が解かれ、下腹部を弄《まさぐ》る。

「……っ」

布越しに尻のはざまをなぞられて、びくりとする。最後にノアと身体を重ねてからだいぶ経っている。久しぶりにも拘《かかわ》らず、身体はノアとの甘い時間を覚えていた。ぐりぐりと尻のすぼみを押されて、マホロの頬が上気した。

「自分で……脱ぎます」

マホロは呻くように囁いた。ノアはマホロが受け入れなくても、無理やり抱くつもりだ。そんな真似はノアにさせたくなかった。

「いい、お前はじっとしてろ」

ノアが身体を起こし、忙《せわ》しなくマホロのズボンを脱がせていく。下腹部が外気にさらされ、マホロは身をすくめた。ノアはマホロの下着をずり下ろし、強引に身体を反転させる。

「ま……、待って」

いきなりノアが剝き出しの尻に顔を埋《うず》めたので、マホロは逃げようとした。ノアは無言でマホロの尻たぶを広げ、尻の穴を舐《な》め始《はじ》める。ぬるついた感触が敏感な場所を辿り、マホロは太ももを震わせた。

「汚いから……っ」

今日は風呂に入っていないし、夏なので汗も掻いている。マホロは焦ってやめさせようとしたが、ノアは構わず舌を動かす。

「や、……っ、ひ」

音を立てて尻の穴を舐められ、わずかに緩んだ内部に舌が潜り込んでくる。マホロは真っ赤になってシーツを摑んだ。ノアはマホロの太ももを押し開き、指と舌を同時に内部に入れてきた。いやらしい水音が響いて、頭がカーッとなる。マホロはびくびくと身を震わせ、この責め苦に耐えた。ノアはそこを十分すぎるくらい濡らすと、ようやく顔を離した。

「ここに、俺以外の男を受け入れたか？」

尻の中に指を二本入れ、ノアが低い声で聞く。長い指先が、感じる場所を見つけてぐーっと押してくる。じわぁっと甘い感覚が広がって、マホロは首を横に振った。

「い、いいえ……」

マホロが消え入りそうな声で否定すると、ノアの吐息が降ってくる。ノアは背後からマホロを抱きしめながら、指を動かした。まだ固く閉じているそこを、ノアの指が丹念にほぐしていく。ぐちゃぐちゃと音を立てて、尻に入れた指を動かされる。

「は……っ、は……っ、あ……っ」

マホロはシーツに頬を押しつけ、乱れた息を吐き出した。ノアは尻の穴を広げるように指を動かし、上衣の裾から上半身を探ってきた。肌を伝うノアの手のひらが、胸元を探る。指先で確めるように乳首を摘まれ、マホロは息を詰めた。

「お前の匂い……、いつも俺をおかしくさせる」

密着したノアが、苦しそうに呟く。ぐっと奥まで指が入ってきて、マホロはびくりとした。指先で乳首を弄《いじ》られ、尻の中を広げられ、息が漏れる。徐々に身体の熱が上がって、汗ばんできた。ノアは上衣をまくるようにして、マホロの背中を剝き出しにする。

「入れるぞ」

ふいに思い詰めたように呟き、ノアが身体を離した。次の瞬間には、下腹部を広げたノアが性器の先端をマホロの尻に押しつけていた。ノアはすでにいきり立っていて、欲望の象徴をマホロの尻の穴に宛がう。

「う――」

まだ狭いそこに、ノアは強引に性器を押し込んできた。尻の穴が広げられ、熱くて硬いものがずずっと入ってくる。マホロは久しぶりに男を受け入れる苦しさに、息も絶え絶えになった。

「ひ、は……っ、はぁ……っ、はぁ……っ」

ノアの性器が内部に入ってくるたび、呼吸が荒くなる。マホロはシーツを乱し、逃げるように前のめりになった。ノアはそれを許さず、腰をぐっと引き寄せる。張った部分がめり込むと、ぐぐっと奥までノアの性器が入ってきた。

「はぁ……、はぁ……っ、ひ、は……っ」

身体の奥に熱が入り込んで、どっと汗が噴き出た。ノアの性器が脈打っているのが分かる。マホロだけでなく、ノアの息も荒々しい。ノアは着ていたジャケットをベッドの横に脱ぎ捨てた。

「あつ……」

ノアは気だるげにネクタイやシャツを脱いで、次々と床に放る。マホロはうつ伏せに繋がった状態のまま、必死に呼吸を繰り返していた。内部にいるノアは大きくなっていて、身動きすらできない。

「腕を上げろ」

背後から命じられて、マホロは重い腕を上げた。ノアが手早く寝間着の上衣を脱がしていく。裸になって息を乱していると、背中からノアの手が回り込んだ。大きな手で胸を揉まれ、乳首を弄られた。指先で乳首を執拗に弾かれ、尖った乳首を摘み上げられる。

「あ……っ、は、あ……っ」

覚えのある感覚が押し寄せて、マホロは甘ったるい声を漏らした。何度も乳首を弄られて、心地よさに声が上擦る。勝手に腰がびくびくと跳ね、銜《くわ》え込《こ》んだノアの性器をきゅっと締めつける。

いる。

「濡れてきたな」

ノアは乳首をしつこく弄り倒した後、やっとマホロの性器に触れた。ノアの言う通り、マホロの性器は反り返り、蜜を垂らしていた。久しぶりに男性器を受け入れた身体が、甘くほころんでいる。

「馴染んできたな……？　動くぞ」

艶《つや》めいた声でノアが耳朶を食《は》んで言う。マホロが息を詰めたとたん、ノアが優しく腰を律動してきた。無理やりと言ったが、マホロの身体を労《いたわ》るように、優しく小刻みに腰を動かしている。少しずつ身体が開かれていくのが分かった。ノアを受け入れた奥は柔らかくなり、時折収縮してノアの性器を締めつける。

「ん……っ、ぁ……っ、はぁ……っ」

最初は苦しかったのに、いつの間にか甘い電流が身体を走るようになった。張った部分で奥の感じるところを擦られ、勝手に甲高い声がこぼれてしまう。

「マホロ……、ああ……、今だけは俺のものだ」

ノアは上擦った声で、ゆっくりと腰のスライドを深くしていく。何度も内部を突かれ、マホロはしだいにぼうっとしてきた。ノアの吐息や感じている声、力強く押さえつけてくる腕に、理性が奪われていく。

「ノア先ぱ……いぃ……、あっ、あっ、あっ」

ノアの動きが深く突き上げてくるものに変わると、マホロは鼻にかかった甘い嬌声《きょうせい》を上げた。

ノアは上半身を起こし、マホロの腰を抱えて、容赦なく腰を振りだす。

「ひ、あ、あ……っ、ああ……っ！」

激しく奥を突き上げられ、マホロは耐えられずに部屋中に声を響かせた。ノアは限界が近いのか、腰を高く掲げて欲望のままに奥を責めてくる。乱暴な動きにさえ、身体は快楽を拾い上げた。

「う……っ、ぅ、く」

ノアが息を詰め、最奥《さいおう》まで性器を押し込んだ。同時に内部に精液が吐き出されたのが分かった。マホロはびくびくっと腰を揺らし、熱い液体が内部に注がれるのを感じた。

「ひぁ……っ、はぁ……っ、はぁ……っ」

激しかったノアの動きがようやく止まり、マホロは懸命に呼吸を繰り返し、ぐったりとした。ノアは数度腰を揺すり、ゆっくりと腰を引き抜いた。

うつ伏せになっていたマホロの身体を、ノアが仰向けにする。マホロは肩を上下して呼吸を繰り返した。尻のすぼみからノアの精液が垂れるのが分かる。ノアは荒い息のまま、怖いくらい真剣な眼差しでマホロを見下ろしていた。

「ん……っ」

ノアが屈《かが》み込《こ》んで、マホロの乳首を吸う。舌先で乳首を転がされ、弾かれる。もう片方の乳首は指で摘まれ、ぐりぐりと刺激される。

「あ……っ、は、ぁ……っ」

敏感になっている乳首を弄られ、マホロは悶《もだ》えた。腰を撫でられ、腹部を軽く押され、また乳首を濡らされる。

「はぁ……、お前の身体は甘くて、いやらしいな」

ノアは性器には触れずに、マホロの両脚を広げる。大きく広げた尻の穴に、再びノアの性器が入ってきた。まだ弛んでいるそこは、ノアの性器を包み込むように受け入れる。ずぶずぶと硬度を持ったノアの性器が奥まで入ってきて、マホロは胸を揺らした。

「はぁ……っ、はぁ……っ」

正面からノアがマホロを見つめたまま、畳んだ両脚を胸に押しつける。

「マホロ……」

繋がった状態でノアはマホロの頬に手を当てた。ゆっくりと確かめるように唇が触れる。今日初めてのキスだった。ノアの唇は最初はそっと触れ、やがて貪るようにマホロの唇を吸ってきた。

「はぁ……、はぁ……マホロ……」

譫言《うわごと》めいた呟きの合間に、ノアはマホロの唇を吸い、口内に舌を差し込んできた。互いの唾液が混ざり合い、吐息が重なった。ノアは夢中になってマホロの唇を食んできた。キスをしながら時折腰を動かされ、マホロは腰を引くつかせた。

「は……っ、は……っ、ひ、あ……っ」

ノアが腰を動かすたびに濡れた音が耳を刺激する。マホロはぼうっとして、ノアから与えられる愛撫に身を委ねた。快楽の波が狭まってきて、内壁が収縮した。目尻から生理的な涙が滲み、はぁはぁという息がひっきりなしに漏れる。

「あ、あ、あ……っ!!」

ずん、と奥まで突かれると、マホロは抗いがたい快楽に呑み込まれ、絶頂に達した。性器から白濁した精液があふれ、頭が真っ白になるほど心地いい感覚に襲われた。気持ちよくて、銜え込んだノアの性器をきつく締めつける。

「う……っ、は……っ、はぁ……っ、達したのか……?」

ノアが上擦った声でマホロを抱きしめる。マホロはひくひくと身をくねらせた。ノアはマホロの首や鎖骨に赤い痕を散らし、再び奥を揺さぶってくる。

「ひ、あ……っ！　あ……っ！」

絶頂直後の身体は敏感で、ノアの腰の動きに身悶える。

「可愛いマホロ……、もっと感じてくれ」

マホロの唇を吸い、ノアが奥に入れた腰をぐりぐりと動かす。耐え難い強烈な快楽に、マホロは身をよじった。

このひと時だけは、何もかも忘れて快楽に身を投じた。繋がった身体の重みに悶えながら、マホロはひたすら喘ぎ声を漏らしていた。


二度、三度と抱かれて、マホロは何度も意識を手放した。何かの気配に気づいて目を開けると、ノアがマホロの身体の汚れを拭っていた。窓の外はまだ暗く、意識を失っていた時間もそれほど長くはなかっただろう。ノアと身体を重ねてしまった。ノアとマホロが抱き合っている間、アルビオンは静かに部屋の隅で丸まっていた。マホロと目が合うと、とことこと近づいてきて、ベッドの下から見上げてくる。

マホロはノアの手を押しのけ、だるい身体で床に落ちていた衣服を身にまとった。ノアは裸のまま、ベッドからこちらをじっと見ている。

「ノア先輩、誰かに見られる前に帰って下さい」

アルフレッドが許しても、ノアがナターシャの婚約者であるという事実は変わらない。ノアに道から外れる行為をこれ以上させてはいけない。

「……頃合いを見て、ナターシャ王女殿下との婚約は破棄する」

ノアは肩にかかる髪をうるさそうに撥《は》ね除《の》け、ベッドから立ち上がった。婚約破棄というが、王族との婚約を勝手に破棄できるわけがない。それ相応の理由がないと、認められないだろう。アルフレッドはノアの力を欲していて、公的にそれを手に入れようとしている。

「俺は――」

マホロの言葉を遮るように、ドアがノックされた。マホロはドアに駆け寄った。ノアがいることを知られないように、細く扉を開く。廊下には侍従がいて、すぐにドアを開いたマホロに驚いて身を引く。

「マホロ様、産室までいらしていただけますか」

侍従はどこか満足げに言う。どうやらローズマリーは無事出産したらしい。

「今、行きます」

マホロは一度ドアを閉めて、ベッドに戻った。ノアはシャツを肩にかけ、ズボンを穿《は》いているところだった。

「窓から勝手に出ていく。行け」

ノアはうつむき加減で呟く。ノアのそっけない態度が気になりつつも、マホロは頭を下げて、乱れたベッドを直してから部屋を出た。侍従に案内され、王妃の産室へ向かう。

産室の周囲は人の出入りが激しく、活気に満ちていた。侍従にドアを開かれ、一礼してからマホロは産室へ入った。大きな寝台には、頬を上気させたローズマリーと、赤子を抱くアルフレッドの姿があった。侍女も侍医も皆、嬉しそうだ。新しい生命の誕生に、マホロも胸が熱くなった。

「マホロ様」

やつれた様子ながら、ローズマリーがマホロに気づいて微笑む。生まれたばかりの赤子はくしゃくしゃの顔をしていて、ひどく小さく感じられた。

「男の子です」

ローズマリーが誇らしげに言う。アルフレッドは赤子をそっとローズマリーに返して、マホロに笑みを向けた。

「難産だったが侍医の水魔法でローズマリーは無事だ。我が子に祝福を授けてくれるか?」

マホロはこくりと頷いた。光魔法のシンボルマークを描き、光の精霊王を呼び出す。

「光の精霊王、どうぞ、第一王子に祝福を。御子の行く先に幸多からんことを」

マホロが赤子の前で手を組んで告げると、光の精霊王が現れ、錫杖を振る。光の精霊王は赤子の頭に手を置き、光の粒を注ぎ込んだ。

『最初の子どもは善き王となるだろう』

光の精霊王は赤子に祝福を与えて消えた。マホロが光の精霊王の言葉を伝えると、アルフレッドはことさらに喜んでローズマリーの肩を抱いた。

「よくやってくれた」

アルフレッドのねぎらいに、ローズマリーは目を潤ませる。

「第一王子の誕生、お慶《よろこ》び申し上げます」

マホロも胸に手を当て、祝辞を述べた。

「王子の誕生を、国民に触れを出すよう。第一子の誕生を祝して、今日から一週間祝いを催す」

アルフレッドは侍従長に命じ、ローズマリーの額にキスをした。侍従長は喜びに満ちて命令を執行すべく、部屋から出た。

「では、俺は屋敷へ戻ります」

自分の役目を終えたことを知り、マホロはアルフレッドに帰る旨を告げた。

「ああ。昼には護衛騎士をマホロの屋敷へ向かわせる」

そういえば護衛騎士が増えるのだと思い出した。アルフレッドの厚意に、マホロは礼を言って産室を出た。カークとヨシュアが、すぐに近づいてくる。

「無事お生まれになったようですね。おめでたい話です」

ヨシュアは第一子の誕生に手を打つ。ふたりともマホロが呼ばれたのを知り、寝ているところを来てくれたらしい。

「はい。なので、もう帰ってもいいようです。昼頃に護衛騎士の方が来ますし」

カークとヨシュアと並んで歩きながら、マホロは護衛騎士について打ち合わせた。これまでずっと護衛してくれたふたりの意見を尊重し、新たな護衛騎士に仕事を割り振るつもりだ。

王宮の正面扉から出ると、まだ辺りは薄暗く、朝陽が昇るには早い時間帯だった。てっきり帰ったと思っていたノアが、馬車の前で待っている。

「あれ、ノアは戻ってきたのか？」

カークは目を丸くしている。マホロは気まずくて、ついノアから目を逸らした。

「ああ。この時間に馬車を捕まえるのは大変だろう」

珍しくノアが他人を気遣うような発言をしたので、カークは怪しんで「悪いもんでも食ったか？」と勘繰っている。ヨシュアは馬車の扉を開け、確認してからマホロを中に入れた。御者は四人が乗り込むのを待って、馬車を走らせた。

マホロはノアと目を合わせることができなくなっていた。

ノアを突っぱねることも、受け入れることも、どちらも難しい。どっちつかずの自分に嫌気が差し、マホロは沈黙を貫いた。

4 毒婦のたくらみ

新しい護衛騎士の所属は近衛騎士のまま、交代制でマホロの護衛を務めることになった。護衛騎士たちがマホロに何か言ってくることはなかったが、屋敷に居座るノアの存在に思うところはあるようだった。

八月半ばにはマホロはノアを屋敷に残して、巡礼に出た。巡礼には護衛騎士も全員ついてきて、マホロの身に万が一のことがないよう目を光らせていた。巡礼先では熱烈な歓迎を受け、マホロは傷病者を淡々と治し、貴族と交流を持った。巡礼が終わると、トルネリン村に足を延ばし、亡くなった村人の魂の救済を祈った。前回マホロがトルネリン村に来た時は、ジークフリートに操られて自分の意志では動けない状態だった。あの時、マホロにもっと力があれば、村人の自死を防げたのだろうか？　ジークフリートの犯した罪はあまりにも大きく、マホロは闇魔法の力の恐ろしさを再確認した。

王都に戻ると、ノアは屋敷から消えていた。

ノアとは微妙な関係が続いている。考えることを放棄してノアを受け入れたい気持ちもあるのだが、どうしても亡くなったジークフリートのことや、幼いナターシャのことが頭から離れない。

「マホロ様、セント・ジョーンズ公爵家から招待状が届いております」

じっとりと蒸し暑い日、朝食を終えたマホロに執事のルークが手紙を運んできた。手紙には公爵家の印が押されていて特別なものだと分かった。封を開けると、セント・ジョーンズ家で爵位継承のパーティーを開くので出席されたしという内容だ。どうやら爵位継承の準備が整い、親交のある貴族を呼んで宴《うたげ》を催すようだ。セオドアが後見人であるマホロは出席するのが当然なので、すぐに返事を書いた。

（アリシア様にばれてないのだろうか）

ミランダの死を偽装して爵位継承を進めていると聞いている。新しい妻が亡くなり、傷心のセオドアが息子に爵位を譲るという噂が、貴族の間では流れていた。セオドアは領地へ戻ってから、妻の無事を明かすつもりらしいが……。毒殺したと思っていたミランダが生きていると知ったら、アリシア妃は烈火の如《ごと》く怒るに違いない。

（いくら何でもアリシア様は呼ばないよな？）

セオドアはアリシアを嫌っていたから、わざわざ火種を撒《ま》いたりはしないと思うが……。

マホロはヨシュアを見つけて、セント・ジョーンズ家のパーティーに参加する旨を伝えた。護衛はヨシュアとカークだけでいいと思ったが、ヨシュアはもう数名連れていったほうがいいと断言した。

「俺の考えすぎかもしれませんが、ひょっとしたらアリシア様もいらっしゃるかもしれないので……不測の事態に備えるべきです」

ヨシュアはアリシア妃のセオドアへの異常な執着を知っている。

翌日、セオドアから護衛を帯同する承認を受けた。セオドアはパーティーに王族は招いていないが、アリシア妃が乗り込んでくる可能性は考慮している、と言った。そのためアルフレッドと結託して、アリシア妃が地方に視察に赴いている間に、パーティーの開催を決めたらしい。セオドアはアリシア妃が何かしら妨害行為に及ぶ前に領地に戻る算段をつけているそうだ。

(無事にすめばいいけど……)

セオドアの爵位継承パーティーの準備が進む中、王都では不審死が多発していた。路上に貴族や平民、老人から子どもまでさまざまな遺体が放置されるという事件だ。魔法団が中心となって犯人を追っているが、遺体はすべて自死によるもので、マホロは嫌でもトルネリン村を思い返さずにはいられなかった。闇魔法には自死させる魔法が存在する。フィオナがそれを用いて人を殺《あや》めているのかもしれない。とはいえ、ジークフリートのように村人全員を殺すほどの能力はないのだろう。

(ジーク様はギフトの能力があったから、村人全員を自死させられたのだろう。フィオナは今のところ、ひとりずつしか自死させられないようだ)

闇魔法は厄介この上ない魔法で、ふつうの人は太刀《たち》打《う》ちできない。

「マホロ、来てくれたか」

しばらく王宮からの呼び出しはないと思っていたが、セント・ジョーンズ家の爵位継承パーティーの前日にアルフレッドから呼び出しを受けた。

「陛下、参上いたしました」

執務室に呼び出されたマホロは、胸に手を当てて一礼した。今日の護衛は近衛騎士の青年二人で、扉の外で待機する。執務室は相変わらず積み上げられた書類があり、横で侍従が書類整理をしていた。

「忙しいところ悪いね。君も聞き及んでいると思うが、王都でジークフリートの残党が悪さをしている。だが、彼らが動いてくれたおかげで、いくつかのアジトを特定できた。ついては大規模な残党狩りを行うので君にも参加してもらいたいのだが」

アルフレッドは書類にサインをしながら言った。

「は、はい……治療班として、ですね」

マホロも参加させたい理由は、闘いになる可能性があるので、治療班として必要なのだろう。そう思ってマホロが答えると、アルフレッドがちらりと見てきた。

「いや、それは別に用意している。ノアを参加させるから、君には、彼が暴走しないよう見張ってほしい」

マホロは身を固くした。治療班ではなく、ノアの監視とは。闇魔法の血族であるノアは力が暴走すると、赤毛に戻ってしまう。ナターシャの婚約者であるノアが闇魔法の血を引いていると公になるのは問題だ。ただでさえ、以前ノアは人々の前で赤毛になったことがある。あの時はどうにか噂を収束させたが、二度も赤毛になったらさすがに疑惑ではすまないだろう。

「決行は三日後だ。その時はレオンも参加させるので、一緒に行動するように」

アルフレッドはペンを置くと、書類を差し出してきた。召集状を受け取り、マホロは身を引き締めた。レオンも闘いの場に出ることに、今度こそフィオナを捕まえるという意気込みを感じる。レオンには魔法を相殺する力があるので、闇魔法の血族であるフィオナも抵抗できない。

「あと、アリシアがセオドアが領地に引くという情報をどこからか手に入れたようで、俺のところに抗議に来た。君に害をなす可能性が高いから、気をつけろ。今は公務で西ヴェルネスに行かせているが」

アリシア妃は西ヴェルネスにいる。アリシア妃が遠くにいると知って、マホロは心の底からホッとした。

「お気遣い、ありがとうございます。御子《みこ》のご様子はいかがですか？」

第一王子の誕生で、王都は一週間ほど祝賀ムードに包まれた。王子はアンドリューと名付けられ、ローズマリーの王妃としての地位は盤石になった。

「元気だよ。顔は俺に似てるとよく言われる。瞳はローズマリーに似ているね。どうやら魔法回路があるようでね。これについて公表すべきか、悩んでいるよ。宮廷魔法士が言うには、水魔法の力があるようだ」

何を思い出したのか、アルフレッドは遠くを見るような目になった。王家に魔法回路を持つ子が生まれたことを公表すれば、これまでの常識を覆す重大な転機になる。これまでは魔法回路を持つ子が生まれても、秘密にされていたからだ。

「ローズマリー様の家系は水魔法ですものね。俺は公表したほうがいいと思いますが……」

マホロは話しつつ、そういえばアルフレッドも魔力を持っていると言っていたが、何系の魔法かは聞いていないと気づいた。アルフレッドには時々精霊がついているが、その系統はさまざまなもので、どの家門の血を引いているかよく分からなかった。五名家との婚姻の歴史を持つ王族ともなると、国中の精霊が守ろうとするのかもしれない。

「陛下はどの家系の魔法回路をお持ちなんですか？」

マホロが疑問に思って聞くと、アルフレッドは探るような眼差しになった。

「そうか、君には分からないのか……」

小さく呟いて、アルフレッドは横に置いてある書類に手を伸ばした。

「今日はもう帰っていい。ローズマリーが会いたがっていたので、寄ってくれ」

マホロの質問には答えず、アルフレッドは仕事を続けた。マホロは一礼すると執務室を去った。王宮内でアリシア妃に会わないかいつも心配だったが、今日はいないと知っているので安心して過ごせた。マホロはローズマリーの元へ顔を出した。ローズマリーはすっかり元気になり、母親の顔で子どもを抱いている。アンドリューは利発そうな子どもで、彼の周りには水魔法の精霊がいた。

爵位継承パーティーも気になるが、その後の残党狩りも重要だ。フィオナを捕まえられるだろうか？　レスターは未《いま》だ逃亡中で、足取りさえ摑めていない。何となくレスターはフィオナたちとはつるまない気がした。レスターに限って言えば、ジークフリートが死んだ時点で、反逆は諦《あきら》めた可能性さえある。

（闇魔法の一族の村へ戻ってくれたらいいのに……）

フィオナには殺されかけたこともあるし、決して好きではないが、それでも死ねばいいとは思わない。フィオナが闇魔法の一族の村へ大人しく帰ってくれたら、王国だってそこまで追っ手をかけないだろう。何故自分の命を大事にせずに、他人を殺す快楽を優先するのか。

当日、ノアが暴走しないようにしなければと、マホロは覚悟した。

セント・ジョーンズ家の爵位継承パーティーは華やかに行われた。

公爵家の大広間には主だった貴族が招かれ、ダンスを披露し、貴族同士の交流の場が持たれた。ミランダは部屋に隠れているようだ。セオドアも最初に顔を見せた後、すぐに奥へ引っ込んだ。ニコルとブリジットが中心となって、客をもてなしている。

貴族たちは我先にとニコルに挨拶《あいさつ》をする。ニコルは魔法団を退団し、公爵としての務めに専念する。その隣には着飾ったノアも立っていた。深紅の礼服を身にまとうノアは、会場中の人々を魅了していた。珍しく微笑みを絶やさないせいかもしれない。何人もの貴婦人や令嬢がノアの前でぽーっとなるのを見るにつけ、マホロは気が気ではなかった。ノアが本気になれば落とせない人なんていないに違いない。今の自分は表立ってノアと並ぶことができなくなった。どんな女性がノアに触れても、それを咎《とが》める権利がない。そう思うと、苦しかった。ノアの魅了の力は以前より増している。遠くにいるマホロでさえ、気づくと目を奪われるくらいだ。

「これは、マホロ様。いえ、聖者様。ごきげんよう」

パーティーに参加したマホロを、貴族たちは目ざとく見つけて声をかけてきた。マホロはセオドアから贈られた白い礼服を着ていた。

「失礼します。この場で個人的な依頼はお控え下さい」

マホロに頼みごとをしようとした貴族は、すべて護衛騎士が遮った。パーティーに招かれたものの、マホロの周りは護衛騎士が固めていて、おいそれと近づけない。護衛騎士たちは、マホロにむらがろうとする貴族を追い払うよう、あらかじめアルフレッドから命じられているのだ。

「マホロ、よく来てくれたね」

爵位を継承してニコルは雰囲気が少し変わった。元々堂々としていたが、今では自信と強さが漲《みなぎ》っている。マホロはブリジットに花を贈り、ニコルの前に進み出た。するとふたりに注目が集まり、大広間が静まり返る。

「爵位継承、おめでとうございます。よろしければ祝福を贈らせて下さい」

マホロはニコルと目を合わせながら、申し出た。ぜひ、と頷いたニコルの前に跪《ひざまず》き、光の精霊王を呼び出すシンボルを描き、両手を組み合わせる。

「光の精霊王、どうぞ、ニコル・セント・ジョーンズに祝福を。善き公爵となられるよう、道をお示し下さい」

マホロが大広間に現れた光の精霊王に呼びかけると、『心得た』と厳《おごそ》かな声が響き、光の精霊王がニコルの頭上で錫杖《しゃくじょう》を振る。大広間に神々しい空気が満ちた。貴族には魔法回路を持つ者が多いので、自然と拍手が沸き起こる。光の祝福を浴びたニコルは、嬉しそうに微笑み、マホロの手を取って立たせた。

「父に何かあったら、私が君の面倒を見るよ。君とは末永くよい関係を築いていきたい」

ニコルの手は温かく、セオドアのように威厳で人を従わせる公爵とは異なる公爵像を作るであろうことを予感させた。

「ありがとうございます」

マホロはしっかりニコルと握手すると、ブリジットに呼ばれる。ブリジットはあの日、毒で倒れた自分たちを助けてくれてありがとうと涙ぐんで礼を言った。

「ここにはいないけれど、ミランダ様もマホロに深く感謝しているわ。落ち着いたら改めて礼をしたいと」

ブリジットは感激した様子で、ぎゅっとマホロの手を握る。

「いえ、そんなお気になさらず。ご無事でよかったです」

あの日はブリジットとミランダと話す間もなく帰ったので、マホロにずっとお礼が言いたかったと熱く語られた。

「公爵夫人」

ブリジットと話しているところへ、公爵家の使用人が血相を変えてやってきた。使用人はブリジットに何事か耳打ちする。

「アリシア様が？」

ブリジットの顔色が変わる。マホロもハッとした。大広間の入り口のほうからざわめきが起こり、会場に不穏な空気が流れた。貴族たちが大広間に入ってきた女性に道を譲るように左右に分かれる。大広間に入ってきたのは、つばの広い黒い帽子を被り、黒いドレスに身を包んだアリシア妃だった。地方にいるはずのアリシア妃が何故ここに。

「どきなさい！　セオドア様はどこ⁉」

アリシア妃はずかずかと奥まで入ってきて、パーティーの中心であるセオドア一家の前に躍り出た。アリシア妃は怒気にあふれていた。アリシア妃がセオドアに執着しているのは社交界でも有名で、貴族たちは何か起こるのではと注目している。

「これはアリシア様。公務で地方へおいでと伺い、ご招待しなかった無礼をお許し下さい」

パーティーの主催者であるニコルが、穏やかにアリシア妃に一礼する。アリシア妃はニコルを憎々しげに睨《にら》みつけた。

「セオドア様をここへ呼びなさい！　これは命令よ！」

アリシア妃は激しい声で命じた。ニコルはわずかに無言を貫いたが、軽く手を上げ、使用人にセオドアを呼ぶよう指示した。ざわつく会場に、セオドアがゆっくり現れる。

「アリシア妃に拝謁いたします」

セオドアは感情のない言い方で、アリシア妃の前に進んだ。アリシア妃はセオドアに持っていた扇子を突きつけた。

「奥方が生きていると聞きましたわ。今すぐ連れてきなさい！」

会場にアリシア妃の憎悪のこもった声が響く。亡くなったのでは、という囁《ささや》きがあちこちから聞こえてきた。アリシア妃はどこからか、ミランダが生きているという情報を得た。だから公務を放り出してまで、この会場へ駆けつけたのだろう。

「――私なら、ここにおりますわ」

ざわめきの中、広間に続く階段から下りてきたのはドレス姿のミランダだった。オスカーと面差しの似た、目尻の上がった美女だ。ミランダの登場に会場からは「生きていらっしゃったとは」と困惑する声が広がる。

「ミランダ嬢、元気そうね」

アリシア妃がゾッとするような冷えた声でミランダを見据える。毒で死んだはずのミランダが元気な姿で現れたのが腹立たしいのだろう。

「アリシア様に拝謁いたします。はい、おかげさまで毎日楽しく過ごしておりますわ。皆様、死んだはずの私に、驚かれましたよね。実は私は毒殺されるところだったのです。その犯人が捕まるまでは死んだことにしておいたほうがいい、というセオドア様の深いお考えで身を隠しておりました」

ミランダはアリシア妃の怒気に臆するでもなく、堂々と答える。会場にいた人々も、まぁ、とか、何と、と驚きを隠せない。セオドアが階段を上がって、ミランダの肩に手を回す。

「ミランダ、大丈夫か？」

セオドアが珍しく気遣うようにミランダを抱き寄せる。アリシア妃の顔がひどく歪み、握りしめた扇子が折れる音がした。

「アリシア様、私は妻と共に領地に移る予定です。いかに王族といえ前触れもなく訪れるような不作法な真似は今後はお控え下さい」

セオドアは鬼軍曹にふさわしい威圧感で、アリシア妃に厳しい言葉を投げつけた。パーティー会場に乱入するのはかなり常識外れの行動だ。貴族たちも冷ややかな目つきでアリシア妃を咎めている。爵位を譲ったこともあって、セオドアはアリシア妃に対する態度を変化させていた。以前はアリシア妃の態度を強く否定することもなかったが、今はあからさまに嫌悪を滲《にじ》ませている。マホロは一触即発のアリシア妃とセオドアを見守った。アリシア妃は妻となったミランダを抱き寄せるセオドアに、怒り狂っている。

「アリシア様……、さすがにここでは」

アリシア妃の侍女のひとりが、青ざめて小声で進言する。アリシア妃は侍女の声が聞こえないかのように無視していたが、その視線がふっと近くにいたマホロに注がれた。アリシア妃も気づいたのだろう。ミランダが元気でいるのは、マホロが治癒したからだと。

「……お前が助けたのね？」

アリシア妃は静かに歩み寄ってきて、地を這うような声で囁いた。護衛騎士がすぐにマホロの前に立ちふさがって、困惑しながらもアリシア妃からかばおうとする。

「うっかりしていたわ……。一番邪魔なのは、お前だった」

アリシアはひとりごとのように小さく呟いた。あまりに小さな声だったので、近くにいた人の多くが聞き取れなかっただろうが、マホロにははっきりと聞こえた。アリシア妃とはもう関わりたくないのに、彼女の憎悪が自分に向くのがありありと感じられた。アリシア妃は闇魔法の血を色濃く受け継いでいて、意味もなくマホロを殺そうとしたフィオナと同じ人種だと悟った。

「招待していない王家の方にまで祝われるとは、弟としても鼻が高い！　我が兄は、父に負けず善き公爵となるでしょう」

この張り詰めた空気を一変させたのは、意外にもノアだった。ノアは両手を広げ、高らかに告げてアリシア妃の前に進み出た。ノアの極上の微笑みに、その場にいた貴族は視線を奪われた。

「アリシア様、どうぞ祝いの言葉を兄に。我らは王家に忠誠を誓う一族です」

ノアが優雅に一礼すると、誰もがアリシア妃に期待の眼差しを向けた。アリシア妃も自分がいかに頭に血が上っていたか気づいたのだろう。それまでの怒りを押し隠して、折れた扇子を侍女に手渡した。

「……突然、押しかけて不作法だったわね。私も新公爵の誕生を祝いたかったものだから」

アリシア妃は一転して優雅に告げた。周囲にいた貴族たちもホッと表情を弛める。

「ニコル・セント・ジョーンズが立派な公爵となられるよう、見守りましょう」

アリシア妃は美麗な笑みを湛《たた》え、ドレスの裾を翻《ひるがえ》した。侍女たちが急いでアリシア妃の後ろを追う。アリシア妃の態度に他の参加者も落ち着きを取り戻した。ニコルが楽団に合図をして、演奏が再開される。

「さぁ、皆様ダンスを。夜はこれからですわ」

ブリジットが公爵夫人として、可愛らしいしぐさでダンスホールに貴婦人たちを招く。男女が手を取ってダンスを始め、マホロは溜めていた息を吐き出した。

「大丈夫か？」

いつの間にかノアが近くにいて、気遣うようにマホロを覗き込む。ノアにアリシア妃が放った言葉を告げるべきか悩んだが、マホロは黙っておくことにした。護衛騎士は増員した。いくらアリシア妃だって、簡単に害をなせないだろう。

「ミランダの無事がばれたなんて、公爵家に間者でも忍ばせているのかもしれないな。いっそ暴れたら衛兵に捕まえさせたんだが」

ノアが吐き捨てるように言い、マホロは今さらながら心拍数が上がった。

「あの女をマホロに近づけるなよ」

ノアはマホロの護衛騎士に、まるで上司のような態度で言いつける。護衛騎士たちは互いに顔を見合わせて、「陛下から気をつけるよう命じられております」と言いにくそうに答えた。仮にも相手は王族だ。本来、近衛騎士である彼らもやりづらいだろう。

「あの……、俺はもう帰ります」

ニコルへの祝福を終えたこともあって、マホロはげっそりして言った。アリシア妃に会って精神的消耗が激しい。

「明日は……よろしくお願いします」

明日はフィオナたちのアジトの一斉制圧のためノアと行動を共にする予定だ。マホロが小さく頭を下げると、ノアは頭をぽんと叩いてきた。

「分かってる。また明日」

引き留められるとばかり思っていたので、あっさり解放されて拍子抜けした。マホロはセオドア夫妻とニコル夫妻に暇乞《いとまご》いすると、大広間を出た。ファサードに出た時に執事服姿のアンドレとテオに会った。テオとは、ローエン士官学校で知り合った。ノアの従者という立場で、今はマホロの屋敷の執事を務めるルークの息子でもある。テオは学校を出たら執事見習いとしてこの屋敷で働き始めるそうで、執事服だった。

「ルークは問題なくやっていますかな?」

執事長のアンドレはかつて自分の下で働いていたルークを気にしている。

「はい。いつも助けられています」

マホロがアンドレと話しているうちに、正面玄関前にマホロの屋敷の馬車が寄せられた。マホロはアンドレとテオに挨拶をして、馬車に乗り込んだ。

セント・ジョーンズ家の屋敷や庭には煌々《こうこう》と明かりが灯《とも》され、人々のさざめきがここまで届いている。馬車の窓からその明かりを眺めながら、マホロはアリシア妃が次に何をするのかを考えると憂鬱《ゆううつ》になった。

翌日の夕刻、マホロは魔法団の官舎にいた。あちこちに張り巡らされた情報を元に、大規模な残党狩りが行われている。広い会議室には団長と能力の高い魔法士、ノアやレオン、ヨシュアやカーク、その他の護衛騎士と共に待機していた。ノアとレオンは近衛騎士の制服姿で、残りは魔法団の白い制服姿だ。いくつか目星をつけておいたアジトは、夕刻を知らせる鐘の音と共にいっせいに襲撃をかけていた。襲撃をかけるのは魔法士と陸軍による兵士、水魔法を使える治療班の混合チームだ。合図と共にアジトを制圧する計画だ。

「第一、第二、空振りです」

最初の報告が上がったのは、鐘が鳴って五分後だった。魔法士は通信の魔法具を持っていて、それで連絡を取り合っている。

「第三、残党一名捕獲。一般人です」

続けて二報目が寄せられ、マホロは緊張して会議室の椅子に座っていた。

「第四、空振り」

情報を元に攻撃をかけているが、アジトに踏み込んでももぬけの殻という報告が続いた。もしかしたら情報が洩れて、残党は皆どこかに逃げたのではと疑心暗鬼にも似た空気が流れたが、さらに十分ほど経った時だ。

「第七、現在交戦中。増援求む！　闇の獣が現れました！」

切羽詰まった要請が流れてきて、団長が立ち上がった。

「第七に、集中的に団員を送る。ノアとレオン、マホロは俺が、残りは馬で向かえ」

闇の獣が現れたということは、フィオナがいる証拠だから、団長は戦力をそこに注ぐと決めたのだろう。団長の指示で、魔法士たちは風のような速さで行動する。第七と呼ばれる場所は、王都の外れにあるタウンハウス跡だった。団長がすべて連れて移動できればいいが、団長の《転移魔法》で運べる人数は不確定だ。馬で全速力で駆ければ、三十分ほどでつく。

「マホロ、行けるか？」

団長が席を立ち、会議室の空きスペースに移動する。マホロは大きく頷いた。今日のマホロはフィオナに目をつけられないよう、髪を金色に染め、黒い服をまとっている。ノアが暴走しないよう見張るため、マホロも戦闘に同行する必要があった。

「我々は馬で向かいます。ひとり、ここに残しますので、何かあったら連絡して下さい」

当初、追加で増やされた護衛騎士は残党狩りに参加しない予定だったが、マホロの護衛騎士として自分たちが待っているのはおかしいと抗議されて、参加が決まった。

「はい。お願いします」

マホロは護衛騎士を見送ると、気持ちを整えた。

「団長、我々も一緒に運んで下さい」

ヨシュアとカークは意気込んで言う。

「最高人数だな。誰か飛ばされても知らんぞ」

団長がマホロとノアの腕を摑むと、レオンが団長の腰に手をかける。ヨシュアとカークはマホロやレオンの身体にしがみつき、団長の腰のベルトに手をかけた。

足元に魔法陣が浮かび上がり、浮遊感にさらされた。次の瞬間には大きな力で引っ張り上げられ、ごうごうという風の音と共に別の場所に移動していた。

「よし、皆いるな？」

目を開けると、景色ががらりと変わっていた。目に映るのは朽ちかけたタウンハウス跡だった。夕焼けが広がり、タウンハウスと周囲の森を赤く照らしている。以前は伯爵家のタウンハウスだったそうだが、今は廃墟と化している。大きな箱を三つくっつけたようないかつい外観で、石造りの外壁はところどころ崩れて内部が見えていた。正面扉前には半円を描いたスロープ状の傾斜があり、四名の魔法士が四足歩行の黒い獣と闘っているのが見えた。黒い獣は熊ほどの大きさで赤く目を光らせている。闇の獣だ。

「ノア、レオン！　剣を使え！」

団長が走りながら叫ぶ。ノアとレオンは腰から剣を引き抜きつつ、団長の後を追った。マホロはヨシュアとカークに守られながら、その場に留《とど》まった。

魔法士たちはそれぞれが持つ属性の魔法を剣に宿らせ、闇の獣と闘っている。闇の獣は俊敏で、鋭い爪と牙で魔法士たちに怪我《けが》を負わせていた。彼らの元へ団長とノア、レオンが加わり、それまで勢いのよかった闇の獣が後退を始めた。

「マホロ、油断しないで下さい」

マホロを守るヨシュアとカークも剣を抜いて、四方に意識を配っている。

『ギイイイ！』

　一頭の闇の獣がレオンの剣に脳天を突き刺され、断末魔の悲鳴を上げて、どうっと倒れた。それを見るやいなや、残りの闇の獣が身を翻して廃墟の中へ走りだした。マホロは闇の獣が後退したのを見て、ヨシュアやカークと共に駆け寄った。水魔法の魔法士が見当たらない。

「治療します」

　マホロたちが来るまで闇の獣と闘っていた魔法士たちは、スロープの近くでぐったりと座り込んでいる。マホロは宙にシンボルマークを描き、光の精霊王を呼び出し、彼らの怪我を治した。

「ありがとう、もう大丈夫だ」

　マホロの治療で魔法士たちも、ひと息つく。

「戦況を報告しろ。治療班の姿が見えないが」

　団長が油断なく周囲に目を配りながら言う。マホロもチームにいたはずの水魔法の使い手がいないのが気になっていた。

「はい、建物の中に踏み込んだ我々は、突然現れた闇の獣と応戦する羽目になりました。闇の獣はおそらく二十頭……。闇の獣は水魔法の使い手を最初に襲いました。彼らは闇の獣に連れ去られました……残りの魔法士と兵士が追っています。我々は残った闇の獣にここで足止めを食らって……。残党は今のところ姿を現していません」

　チームで一番年上の魔法士が、苦しそうに報告する。闇の獣が二十頭もいるとは、フィオナがクリムゾン島から連れてきたのだろうか？　でも、どうやって？　それともフィオナにはジークフリートのように好きな場所に闇の獣を呼び出せる術《すべ》があるのだろうか？

「分かった。残りの団員を追おう」

倒れている闇の獣は四頭だけだった。二十頭いたなら残りは十六頭もいることになる。一頭仕留めるだけでもこれだけ大変なのに、建物内のどこに潜んでいるかも分からないのだ。

「ノア、お前の異能力でどうにかできるか？」

隊列を組んで建物内に足を踏み入れながら、団長が問う。

「団員も殺していいなら、簡単だが」

ノアは聞き耳を立てつつ、そっけない返答をする。建物内からは怒声と何かがぶつかり合うような音がした。反響してどこから聞こえてくるかマホロには分からなかったが、団長は迷わず螺《ら》旋階段《せんかいだん》に向かう。

螺旋階段を上がった先に一頭の闇の獣が待ち構えていたが、団長の雷撃を伴った剣の一撃で『ギャアア』と鳴き、倒れた。雷撃はかなり有効で、闇の獣は痙攣《けいれん》している。団長を追いかけていた団員が剣で心臓を貫き、ようやく息絶える。

「ノア、フィオナは姿を消しているかもしれない。気配を感じたらすぐに報告を」

団長はノアの耳元で囁き、ちらりとマホロを振り返った。

「マホロも、何か気づいたら知らせろ」

団長は光魔法の血族であるマホロも、フィオナを感知できると推測している。言われて周囲を気にしたが、フィオナの気配はよく分からなかった。もしかしたら姿を消す魔法でとっくにここを去っているかもしれない。

「団長！」

二階の奥にあった大きなホールでは、陸軍の兵士と魔法士が闇の獣と闘っていた。闘いに身を投じているのは十名程度だろうか。床に倒れている魔法士と兵士が五名いて、かなり深手を負っている。魔法士は魔法と剣で闇の獣に何度も斬りかかっているが、まるで痛みなど感じないかのように闇の獣はよだれを撒き散らしながら魔法士に食らいついてくる。外にいた闇の獣、四頭が加わり、この場には合計十頭の闇の獣がいた。

「囲め！　闇の獣を奥へ！　マホロは治療を！」

団長が魔法士たちに指示をする。魔法士とノアとレオンは剣を振りかぶって手近の闇の獣から攻撃を加えていった。怪我をした魔法士や兵士が引き、応援に来た魔法士が闘う。

「治療します」

マホロはヨシュアとカークに守られながら、倒れている魔法士たちに駆け寄った。倒れていた五名は光の精霊王の治癒が間に合ったが、二名はすでに事切れていた。水魔法の魔法士の制服を着ていたので、治療班としてチームに加わった者たちだ。

「あり……が、とう、もう駄目だと思った……」

意識を取り戻した魔法士が、よろめきながら立ち上がる。その制服は大きく裂けていて、闇の獣に一撃を食らったことを示していた。光魔法の回復魔法を施したといっても、治したのはあくまで肉体だけだ。彼らの中には震えが止まらず、立ち上がれない者もいた。亡くなった魔法士に覆いかぶさって泣いている者もいる。もともと救護要員である彼らは前線で闘うことに慣れてない。今回、水魔法の魔法士ばかり狙われたのは、フィオナの命令ではないだろうか。

「無理するな。お前たちは下がってろ」

カークが放心している水魔法の魔法士に言い、ヨシュアが安全な場所を確保する。マホロは闇の獣と闘っているノアたちを見た。

「カーク、わずかな異変でも注意して下さい」

マホロの隣に立つヨシュアが、鋭い声を上げる。

「分かってる。敵が狙うのはマホロってことだろ」

カークも見たことのない厳しい表情で剣を構える。そこで初めて気づいたのだが、水魔法の魔法士が狙われたのなら、光魔法の魔法を使えるマホロはもっと狙われて然《しか》るべきだ。

(そうだ、フィオナは姿を消せるのだから、今この場にいて俺を殺そうとしてもおかしくない)

マホロもその危険性に気づき、保護魔法で自分とカークとヨシュア、近くにいる味方を覆った。

「アルビオン、出てきて」

戦闘なのでしまっておいたアルビオンを呼び出す。白いチワワがマホロの中から現れて、きりりとした表情で耳と尻尾《しっぽ》をぴんと立てる。マホロには分からなくても、アルビオンなら野生の勘で異常に気づくかもしれないと思ったのだ。

「アルビオン、俺を守って」

マホロはアルビオンの頭を撫でて、優しく命じた。ワンとアルビオンが吼《ほ》えて、耳を左右に動かす。

「一頭、逃げたぞ！」

奥に闇の獣を追い込んでいた団長が、兵士の脇をすり抜けた一頭に大声を上げる。すぐさまノアが駆けだし、ありえない速さで闇の獣の前に回り込んだ。異能力を使ったのかもしれない。ノアは右手の拳《こぶし》を握って、輪から外れた闇の獣を床に倒すしぐさをした。とたんに闇の獣の口からどす黒い血が噴き出し、巨体が床に倒れ込む。闇の獣は口から血と泡を吐き、動かなくなった。

「……」

ノアはちらりと振り返り、マホロの安全を確認して再び残りの闇の獣へ向かっていった。ノアは今のところ冷静で、魔力が暴走することもなければ、赤毛になることもない。このまま無事終わってほしいと願いながら、マホロは敵の攻撃に備えた。

三頭、四頭と闇の獣が仕留められる中、闘っている魔法士のひとりがふらついた。気力だけで闘っていたのか、近くにいた魔法士が抱えて、マホロのほうへ運んでくる。

「火魔法を集中！」

闇の獣を上手く隅に追い込んで、団長が叫ぶ。いっせいに魔法士が火魔法を闇の獣に放ち、三頭の闇の獣が炎に巻かれた。

『ギイイイイァ』

三頭の闇の獣は火に包まれながら、暴れ狂った。一頭が床に空いた穴から一階に落ちていった。二頭は燃え盛る炎の中、それでも兵士に突進してくる。

「どけ！」

ノアが魔法士を押しのけ、異能力で闇の獣の身体を引き裂く。血が飛び散り、ノアやレオンの制服に返り血がついた。

「残りは二頭！　全員でかかれ！」

団長が指示を出し、兵士が銃を打ち込み、魔法士が炎をまとった剣を突き刺した。闇の獣は身体中に剣を突き刺されたまま前脚を上げる。立ち上がると人より大きな身体で、魔法士たちが身を引く。

「追い込め！」

魔法と銃、剣で闇の獣を追い詰める。魔法士たちの身体から血が噴き出し、マホロを守っているカークとヨシュアが焦《じ》れているのが伝わってきた。ふたりはきっとマホロを守るより、彼らと共に闘いたいに違いない。

二十分ほどかかって闇の獣二頭は、ようやく動きを止めた。屍《しかばね》となった二頭の闇の獣を前に、魔法士たちが疲労で座り込む。マホロは急いで彼らに近づき、その場にいた全員の治療を始めた。

「闇の獣はあとどれくらいいる？」

団長が汗を拭《ぬぐ》って配置された魔法士に問う。

「あと七、八頭は。団員と兵士が西側から建物を探っているはずです。応答は……今のところありません」

魔法士が魔法具を確認して、唇を嚙む。当初配置されていた魔法士と兵士は、二組に分かれて建物内を探っていたらしい。

「二人、救えませんでした。申し訳ありません」

マホロは目を伏せて報告した。死んでしまった者は、光魔法でも助けられない。もっと早く駆けつけていればと悔やまれる。

「いや、お前はよくやっている。休憩したいだろうが、残りの者を助けに行くぞ。魔法士は、魔法石の補充を」

団長が声を張り上げ、団員が「はい！」と答えた。魔法士の持つ杖に嵌《は》められた魔法石は、これまでの闘いで半分以上が欠けていた。魔法士たちは素早く魔法石を入れ替える。ちょうどその頃、馬で駆けつけた応援部隊が到着した。マホロの護衛騎士も合流する。気づけば戦闘が始まって三十分以上経っていた。緊迫していたため、時間の経過が異常に早く感じられた。

「レオン、お前の異能力でフィオナの姿を暴けないか？」

ふと横を見ると、ノアがレオンに耳打ちしている。

「そうか、姿を消す魔法を使っているなら、それを打ち消せるというわけだな」

レオンが目を輝かせ、すぐに団長と何か話し合う。大きく団長が頷き、全員に「私が命じるまで魔法を禁じる」と触れた。

「よし……」

レオンは息を整え、すっと目を閉じた。

何か力を奪われた感触があって、マホロは息を呑んだ。レオンは団長と共に前に立ち、異能力を使いながら周囲を警戒する。レオンの近くでは今、魔法が使えない状態だ。アルビオンも消えてしまうかと思ったが、何故かそのままそこにいた。立ち入り禁止区でも消えなかったし、使い魔は魔法とは少し異なる存在なのだろうか？

「この部屋には何も隠れていません。このまま続行します」

レオンは自分の力が及ぶ範囲には誰も隠れていないことを確認し、団長とホールを出た。マホロや魔法士、兵士も続く。

残りの魔法士と兵士が向かったとされる西側へ廊下を走った。やはり何の音も聞こえない。ひょっとして全滅したのかと思うくらい、静かだ。

「地図上ではこの先に小ホールがあったな？」

団長が魔法士に確認する。

「はい。連絡はそこを最後に途絶えています」

ぼろぼろになった絨毯《じゅうたん》の上を移動していた団長が、各部屋を確認していく。寝室やダイニングルーム、書斎や客間を調べたが、何の反応もなかった。徐々に闇は濃くなり、火魔法で明かりを灯さないと視界が利《き》かなくなっている。

「気配がする」

小ホールの前の扉で、ノアが顔を歪めた。

「よし、レオン。一度、能力を切れ」

団長がレオンに言い、それぞれ剣を構えるように手で合図する。再び魔法が使えるようになり、マホロは後方で息を整えた。

団長の合図で、兵士が扉を開け、団長を先頭に小ホールへ飛び込んだ。扉を開けてすぐ、闇の獣が牙を剝いて襲い掛かってくる。団長は素早く攻撃を避《よ》け、剣を突き立てる。続けて飛び込んだノアが左にいた闇の獣に炎を宿した剣を振りかぶり、右にいた闇の獣をレオンが剣で押し返す。

「雷魔法！」

後ろにいた魔法士たちが、押し寄せてきた闇の獣に雷撃を加える。その威力を本能的に嫌悪する闇の獣が小ホールの奥へ逃げ込んだ。小ホールには明かりがなくて、手前にしか視界が利かない。ひとりの魔法士が魔法銃を奥へ撃ち込んだ。すると、銃弾が当たった先に明かりが灯った。周囲を照らす魔法具なのだろう。小ホールの内部が見て取れる。マホロは皆の後ろから小ホールを覗き込み、立ち尽くした。

小ホールに、魔法士や兵士が折り重なって倒れていた。彼らは血だらけで、身体の一部を喰われている者もいた。生きている者がいるかどうか、分からない。

「闇の獣は七頭います！」

魔法士が叫ぶ。団長とノア、レオンは剣で闇の獣を奥へ下がらせた。最初に飛びかかってきた闇の獣は、攻撃を受けて動きが鈍っている。すかさず後方の魔法士が雷撃を追加した。何度も雷撃を受け、三頭の闇の獣はついに倒れた。残りの四頭はその三頭を踏み超えて、鋭い爪を振りかざしてくる。

「ノア先輩！」

闇の獣の爪がノアの衣服を引き裂き、少量の血が飛び散った。マホロが悲鳴を上げると、ノアは左手で銃を取り、銃弾を闇の獣に撃ち込む。心臓を射貫《いぬ》かれた闇の獣が、仰向けになって倒れた。小ホールとはいえ、部屋は広く、マホロたちは闇の獣を追い詰めるように中へ入っていった。魔法士は左右に展開して、闇の獣を追い詰めようとする。

「マホロ、お前はここから出て……」

ちらりとこちらを見たノアが、ふっと顔を歪める。

アルビオンが突然キャンキャンと吼えだした。

「……、レオン！　魔法を消せ！」

ノアがレオンを呼び、鋭く命じる。レオンがハッとしたように仕留めかけていた闇の獣から剣を引き抜き、目を見開いた。

雷撃を打ち込んでいた魔法士の魔法が一瞬にして消え、魔法が使えない空間になった。その時、マホロは小ホールの隅に笑いを押し殺している少女を見つけた。少女は見えないはずの姿がいきなり露《あらわ》になって、顔色を変える。

「闇魔法の少女がいる！　全員、魔法を使うな！」

団長が奥にいる少女を指し示す。全員が剣と銃を手に、手前にいる闇の獣よりも少女を仕留めることに集中する。

「嘘、何よ！　何で！　魔法が使えない！」

フィオナはパニックを起こしたように髪を振り乱して叫んだ。兵士のひとりがフィオナに向かって銃を撃った。激しい銃弾の音が鳴り響き、フィオナの腕や足、身体に銃弾が撃ち込まれる。

「痛いぃ……っ、何しやがる！　あたしの身体に傷をつけたな！　許さない！　殺してやる！」

銃弾が当たったのか、フィオナはドスの利いた声で叫び、腕を振り回した。

なおも銃を撃とうとした兵士が、突然悲鳴を上げた。

「うわあああ！　あいつだ！　あいつがいる！」

フィオナの前に盾となるように出てきたのは、《悪食《あくじき》の幽霊》だった。海藻で全身を覆われた不気味な怪物だ。彼らは身の毛がよだつような存在で、いるだけで恐怖を振り撒く。これまでも何度か闘いの際に姿を現し、兵士や魔法士の中にはその恐ろしさを知っている者がいて、隊列が乱れた。

「畜生、痛い……っ、痛い……っ、よくもあたしにこんな真似を……っ」

フィオナは憎々しげにこちらを睨みつけた。その時だ。突然、後ろで大きな音がした。小ホールの扉が閉まる音だった。

「え……っ⁉」

びっくりしてマホロが振り返ると、小ホールの出入り口が閉められている。カークとヨシュアが扉に走った。扉は何かで封じられたのか、びくともしない。

「鼻と口をふさげ！　異臭がする！」

異変にいち早く気づいたのは、団長だった。襲い掛かる闇の獣に銃を放ちながら、腰に巻いていた布で口元を覆う。マホロもようやく毒の可能性に気づき、慌ててポケットからハンカチを取

り出して口元を覆った。魔法具の明かりに照らされて、壁の噴き出し口から白い煙が入ってくる。

「あはははは！　お前らなんか毒でやられろ！」

フィオナは柱の陰にうずくまりながら、狂気じみた笑いを立てる。光魔法で毒を消そうとしたが、レオンの異能力が継続していて、魔法が発動できない。マホロを守っていた護衛騎士たちも、次々と毒で膝を折っていく。

「レオン先輩！　魔法を使わせて下さい！」

マホロは毒にやられる兵士や魔法士を目の当《ま》たりにして、大声で訴えた。レオンは団長に窺《うかが》うような視線を向けた。団長が仕方なく頷き、魔法の使用が可能になった。

「光の精霊王、どうか毒を取り除いて下さい……」

眩暈《めまい》を起こしながらマホロは光の精霊王を呼び出すシンボルマークを描いた。横でヨシュアが「しっかりして下さい！」とマホロを支える。ハンカチでいくら口元を覆っても、マホロもまた眩暈が堪《こら》えきれなかった。

「フィオナが消えたぞ！」

ノアの声が白い煙の合間から聞こえる。光の精霊王が現れ、錫杖を振ってマホロたちに降りかかった毒を払った。けれど一度払っても、あとからあとから噴き出し口から毒が噴射されていた。

「カーク、扉を開けて、外気を入れなければ」

ヨシュアがマホロを抱えながら言う。

「わーってる！」

カークが扉に雷撃をぶち込んで怒鳴る。ノアやレオン、団長は牙を剝く闇の獣との闘いで手一杯で、他の魔法士は毒にふらついている状態だ。マホロは繰り返し毒を払う魔法を使ったが、それでも事態はよくならなかった。

キャンキャンとアルビオンが足元で吼え、いきなりジャンプした。アルビオンが何かに嚙みついたと思った刹那《せつな》、その身体が横に吹っ飛ばされる。

「フィオナだ！」

ヨシュアが怒鳴り、見えない敵に向かって剣を振る。それを嘲笑《あざわら》うかのようにマホロの腕が切り裂かれた。

「カーク！　足元の血！」

ヨシュアが叫び、マホロを守るために戻ってきたカークが床に視線を落として、剣を振りかざした。足元には血が点々と続いていて、それが怪我を負ったフィオナの証《あかし》になっていた。したたる血は焦ったように場所を移動した。フィオナも気づいて傷口を押さえたのだろう。血の跡が消える。

「捕まえた」

いつの間にかノアが駆けつけ、マホロの前で変な形に手を動かす。ノアは見えない何かを摑んでいる。怒りのままにノアは摑んだ腕をへし曲げた。

「ぎゃあああああ！」

ぼきぼきっと骨が折れる嫌な音がして、フィオナの悲鳴が上がった。ノアは摑んだ腕を引きずり、マホロから遠ざける。

「え、《悪食の幽霊》が消えている……何で？」

兵士のひとりが、混乱の最中、呆然と呟く。マホロだけは気づいていた。闇の獣と闘っている間、ノアは《悪食の幽霊》を追い払っていた。

「畜生、畜生！　ラドクリフ！　もっと毒を！」

姿が見えないまま、フィオナの甲高い声が響いた。ノアが苛立った顔をして宙に剣を突きつけた瞬間、レオンが回り込んできて、ノアの手の先で剣を横に薙《な》ぎ払《はら》った。向こうでは闇の獣が一頭倒れている。最後の獣も瀕死《ひんし》の状態だ。

「う、ぐ、あ……っ」

フィオナのかすれた声と共に、血が噴き出た。ついに魔法を維持できなくなったのだろう。フィオナの姿が現れた。ノアに手首を摑まれた状態のフィオナは、斜めに深く切り裂かれていた。口元と上半身は血でべっとりと汚れていて、息遣いさえほとんど聞こえない。

ノアは汚物を扱うように、フィオナを床に放り投げた。

「まだ……足り、ない、もっと……殺さなきゃ……」

フィオナは焦点の合わない目で、血を吐きながら呟いた。それを最後に、ぴくりとも動かなくなった。

「マホロ、治療を頼む！」

向こうでは団長と魔法士と兵士が、最後の闇の獣を倒したところだった。小ホールにいる敵はすべて倒し、皆の荒い息遣いだけが重なった。マホロは眩暈を堪え、光の精霊王に小ホールにいる全員の回復を頼んだ。毒が抜け、身体の痛みが消える。即効性の毒ではなかったので、このまま何度も回復魔法をかければ保《も》ちそうだ。ノアの怪我やマホロの腕も治り、ひと息つく。だが、まだ噴き出し口からは白い毒の煙が注ぎ込まれている。カークが雷撃を与えて扉を破壊しようとしているが、頑丈な扉はなかなか壊れなかった。

「どけ」

ノアはカークを押しのけると、右手を掲げて扉をひしゃげさせた。誰も気づいていないかもしれないが、毒で倒れる団員や兵士の中、ノアだけが平然と立っていた。闇魔法の血を引くノアにとって、毒は脅威ではないのかもしれない。フィオナも怪我を負っていたが、毒は害となっていなかった。

金属や木製のものが壊れる派手な音が続き、扉の中央部分に穴が空いた。外気が入ってきて、マホロは少しだけ苦しさが薄らぐのを感じた。

「よし、開いた！」

扉の鍵が壊されたことで、カークが扉を全開にする。それに呼応して他の魔法士が噴き出し口をふさいだ。いくつもある噴き出し口をすべてふさぐと、室内の空気が元に戻った。マホロは改めて毒を抜き取り、奥で折り重なって倒れている魔法士と兵士に回復魔法をかけた。

「くそ……、全滅か」

団長は折り重なっている身体を覗き込み、誰も動かないのを知り、悔しそうに吐き捨てるように言った。

「残党はまだ建物内にいる。毒を注いだのはラドクリフだろう。お前たちは残党を追え。カーク、ヨシュア、チーム7はここに待機。怪我人を運び出す」

団長はチームを分け、まだ余力がある魔法士と兵士を残党狩りに向かわせた。マホロはノアが冷静なのを確認して、怪我人に手を貸した。

ノアやレオン、魔法士や兵士が、小ホールから飛び出していく。足元にはフィオナの死体、奥には魔法士や兵士の遺体、血の臭いで足がふらついた。

「大丈夫か？　お前は血に弱いんだったな。廊下にいてもいいんだぞ」

団長が青ざめてうずくまるマホロに気づいて、ヨシュアに廊下に連れ出すよう命じる。周囲に敵がいないのを確認して、マホロは廊下に座っているからと、ヨシュアに救助を手伝うよう言った。部屋の隅でぐったりしているアルビオンを自分の中に戻し、小ホールの扉の前で座り込む。

マホロはどっと疲れを感じた。


小ホールに倒れていたのは十名の魔法士と兵士だった。合計十二名の死者を出した今回の残党狩りは、大きな痛手を残したものの、闇魔法の血族であるフィオナを倒したことでとりあえず勝利となった。

各地から応援が着き、遺体を運び出したり事後始末をしたりで、すべて終わったのは明け方近くだった。残党は五名ほど捕獲したが、ラドクリフは逃げおおせた。マホロたちは気力を使い果たしてこの場を後にした。

フィオナを倒したことで、アルフレッドは敵は壊滅したとお触れを出し、王都の特別警戒宣言が撤回された。文字通り王国の勝利と、王都は安堵と喜びに包まれた。

王都が落ち着きを取り戻した頃、セオドアとミランダは領地であるグリースランドへ移動したとヨシュアから聞かされた。アリシア妃の妨害を案じていたが、何事もなく王都を発《た》ったらしい。王都にある公爵家の屋敷はニコルが主人となり、ノアも一緒に暮らしているそうだ。ノアとは残党狩り以来、会っていない。どうやらナターシャの婚約者として、アルフレッドから公務を命じられているようだ。

夏季休暇はあっという間に終わり、マホロは八月の終わりにクリムゾン島へ戻った。護衛騎士も一緒にクリムゾン島へ渡り、魔法士の官舎に寝泊まりして交代でマホロを守ることになった。

マホロはローエン士官学校の三年生になった。

三年生になり、学業に忙しい日々が始まったマホロに、王宮から呼び出しがかかった。

グラハム教皇からマホロの今後について話し合いたいという申し出があったせいだ。以前から教会から交流を求められていた。教会の回復魔法とマホロの回復魔法は大きく異なるため、最初は敵視する者もいたが、その影響力の大きさから徐々に、教皇と対等な立場の聖者として教会に属してほしいという声に変化したらしい。

「俺は教会に所属する気は……」

最初にその話を聞いた時、マホロは難色を示した。大勢の人を救おうと、生涯神に仕える生活はできない。だが、会いたいという要望は絶えることなく続き、いずれ覚悟を決めて会わなければならないと思っていた。

「では、来月、教皇との会食の席を設けよう。教会は君を取り込もうとするだろうが、それに乗る必要はない。君が望むなら止めないが、断るのが苦手なら、私から言っておこう」

アルフレッドはマホロの性格を熟知していて、先にそう言ってくれた。強引な相手が苦手なマホロは、相手が教皇というだけで臆すると判断したのだろう。

「今日は時間がないので、この辺で。明日また来てくれ」

アルフレッドは臨時で入った会議があるそうだ。マホロは一礼して執務室を出ると、王宮内を護衛騎士を伴って移動した。産後のローズマリーの様子を見に行き、必要なら心身の調子を整えるつもりだった。

廊下を歩いている際に、ふっと誰かの気配を感じて、マホロは窓に目を向けた。すでに日は暮れ、辺りは薄闇に包まれている時間だった。

(え……っ?)

渡り廊下のくり抜き窓から奥庭を見ると、見覚えのある人物がいた。驚いて立ち止まり、くり抜き窓に駆け寄った。

「アカツキ……？　何故彼がここに？」

奥庭を歩いているのは水晶宮の司祭であるアカツキだったのだ。いつもの白い貫頭衣を着込み、背の高い女性と楽しげに話し込んでいる。

アカツキが王宮にいるのも驚いたが、それ以上にゾッとしたのは、アカツキと話しているのがアリシア妃だったことだ。アリシア妃は赤いドレスをまとい、アカツキの背中に手を当てて、覗き込むようにして話している。アカツキは頬を紅潮させて、熱心に答えているのが見て取れた。

「どうかなさいましたか？」

護衛騎士のひとりが、マホロが窓から奥庭を凝視しているのを不思議に思い、問いかけてきた。

「あの……、アリシア妃と話しているのは、俺と同じ光魔法の血族なのですが……。何故彼が王宮にいるのか、と……」

マホロはうろたえて、つい口走った。

アルフレッドからは何も聞かされていないし、そもそも光魔法の司祭である彼は外に出られないはずだ。今時分の夕暮れ時なら問題ないかもしれないが、日差しのある日中は出歩けない。

「調べてまいります」

護衛騎士のひとりがマホロから離れる。マホロは動揺していた。アカツキがアリシア妃と仲良さそうに話しているのを見て、不安で胸がざわついた。アカツキはアリシア妃の正体を知っているのだろうか？　尽きぬ疑問にマホロは混乱した。

王宮の出入り口近くの応接室で護衛騎士を待っていると、ほどなく戻ってきた。

「あの光魔法の少年ですが、時々王宮に来ているそうです。魔法団団長が連れてくるようで」

護衛騎士は王宮に勤める知り合いから話を聞いたという。団長が手を貸していると知り、余計に疑惑が深まった。単に外の世界を知りたいというアカツキの要望を叶えただけかもしれないが、それにしてもアリシア妃と楽しそうに話していたのは理解しかねる。アリシア妃は、これまでもさまざまな嫌がらせをしてきた人だ。第一、光魔法の血族が憎いと言っていたのに、あんなふうに親しげにアカツキと話す理由は何だ？

「そうですか……ありがとうございます」

納得がいかないものの、いつまでもここにいるわけにもいかなくて、マホロは王宮の外に待たせていた馬車に乗り込んだ。週末は自分の屋敷に泊まることになっていた。

（別に団長やアルフレッド陛下が俺の味方というわけではないけれど……）

馬車の窓から外を眺め、マホロはもやもやした思いにため息がこぼれた。アカツキが王宮に来ているなら、一言教えてほしかった。何だか疎外感を覚える。

（明日、陛下に会った時に聞いてみよう）

もやもやする自分が嫌で、マホロはそう言い聞かせて心の平穏を保った。

翌日呼ばれたのは昼時で、マホロはローズマリーのお茶会に招かれた。ローズマリーはすっかり体調を戻し、マホロのために目移りするような美味しそうな軽食と甘味を用意していた。茶葉は隣国から取り寄せたもので、酸味のある独特な味わいだった。

「マホロ様、もっとお食べになって。細くて心配ですわ」

ローズマリーはマホロに食べるよう促し、傍のゆりかごですやすや寝ている我が子を慈しむように見つめる。侍女たちは皆にこにことローズマリーと幼子を見守っていて、温かな空気が流れていた。

「ローズマリー様、お招きありがとうございます。遅れてしまってごめんなさい」

侍女や近衛騎士と共に現れたのは、ナターシャだった。黄色のドレスをまとい、赤や白の薔薇《ばら》の花束を侍女に持たせている。ナターシャの後ろの近衛騎士のひとりにノアがいて、マホロは何となく気まずくなった。ノアは涼しい顔をして立っている。

「まぁ、ナターシャ王女殿下。美しいお花をありがとうございます」

ローズマリーはナターシャに微笑みかけ、立ち上がって花を受け取ると、侍女に飾るよう命じる。

「天使様ぁ、次は私のお茶会にも来てね」

ナターシャは立ち上がって礼をするマホロに駆け寄り、ぎゅっとしがみついてくる。

「姫様、はしたのうございます」

ナターシャの天真爛漫《てんしんらんまん》な姿に侍女たちは口うるさく言うものの、ナターシャが可愛くてたまらないといった笑みを浮かべる。マホロはナターシャを抱き上げ、「はい、殿下」と答えた。

「天使様ぁ、さっきね。天使様に似てる子を見たの」

ナターシャはマホロの首に抱き着いて、こっそりと言う。アカツキだと察して、マホロはどきりとした。こんな明るい時間にいるなんて……。大丈夫なのだろうか？

「その子と何かお話をされましたか……？」

マホロが気になって問うと、ナターシャがふうと肩を落とす。

「何だかすごーい生意気な子で、いやんなっちゃった。ノアに喧嘩腰《けんかごし》なんだもん。無礼者って私が言ったら、君は何も知らないって。見た目は似てるけど、ぜんぜん天使じゃないの」

ナターシャの話に、マホロは不安になってノアを見た。アカツキはノアを排除したがっていた。よからぬことを企んでいるのではないかと気が気ではない。

「ノアって天使様の恋人なんでしょ？」

ナターシャがマホロの耳にこそこそ話しかける。マホロが目を見開くと、ナターシャが口元に小さな指を「しーっ」と押し当てる。

「ノアから聞いてるから安心して。私もノアみたいなタイプ好きじゃないし、一年くらいしたら婚約破棄するから。私には歳《とし》が上すぎるもん。私が十八歳になる頃、おじさんじゃない？」

ナターシャのませた口調が可愛らしくて、つい笑ってしまった。確かにナターシャからすれば、歳の差がありすぎる。

「ありがとうございます、王女殿下。でも王女殿下のお好きなようになさっていいんですよ？」

ノアの魅力はよく知っているので、ナターシャが本気でノアを好きになったら、身を引くつもりだ。

「ナターシャは天使様と結婚したい」

ナターシャが頬にキスすると、ローズマリーの侍女たちが微笑ましそうに笑った。ナターシャ付きの侍女たちは困り顔だったが、ため息をついただけで何も言わなかった。

ナターシャを交えてお茶会が再開し、マホロは女性たちの話に笑みを浮かべて過ごした。一時間ほどするとアルフレッドの侍従がやってきて、マホロの横に膝をつく。

「マホロ様、陛下の手が空きましたので執務室へいらして下さい」

侍従に耳打ちされて、マホロはナプキンで口元を拭うと席を立った。

「陛下のお呼びですので、失礼いたします。今日は楽しい時間をありがとうございました」

ローズマリーやナターシャに挨拶をして、マホロはその場を離れた。ちらりと去り際にノアを見る。本当はノアにアカツキが王宮に来ている件や、アリシア妃と話している件について話したかった。アカツキに気をつけるよう忠告しておきたい。だが、ナターシャの婚約者でもあるノアに、この場で個人的な話をすることはできなかった。

護衛騎士を伴い、マホロはアルフレッドの執務室を訪ねた。

「やぁ、楽しい時間に呼び出してすまない」

アルフレッドは仕事の手を止めて、長椅子にマホロを誘《いざな》った。マホロの護衛騎士とアルフレッドの侍従が外に出され、ふたりきりになる。

「あの……」

仕事の話の前にアカツキについて聞きたくて、マホロは膝の上に置いた手をぎゅっと握った。

「マホロ、実は君に頼みがあるんだ」

マホロの気持ちを知ってか知らずか、アルフレッドが先に切り出す。

「はい……？」

「君に少しの間、水晶宮の司祭を頼みたい」

マホロは目を見開いて固まった。まさにマホロが聞こうとしていた話と関連していると悟った。

「……アカツキが王宮にいることと、関係していますか？」

マホロが思い詰めたように問うと、アルフレッドが困った表情で肩をすくめた。

「知っていたのか。君に先に話しておきたかったのだけど、彼から口止めをされていてね。アカツキ……司祭は、外の世界を知りたいらしくて、レイモンドに命じて自由にさせている。といっても、週に一度、二時間ほどだ。あまり不在にすると水晶宮を管理できないからね」

アルフレッドの説明に、マホロはますます胸騒ぎを覚えた。光魔法の血族が外の世界を知りたいと思うのは不思議な話ではない。光魔法の血族に限らず、誰だって広い世界を知りたいだろう。だが、それをマホロには知らせたくなかったというのは、非常に気になる。

「実は数カ月前に、アカツキから会いたいと言われてね。レイモンドに頼んで呼び寄せたところ、彼はオボロの身体から取り出した竜の心臓を自分に移植してくれと言いだした」

さらりと言われた内容に、マホロは戦慄《せんりつ》した。オボロが望んだように、アカツキも竜の心臓を移植したいのか。次々と死んでいった子どもたちの姿が脳裏に浮かび、吐き気を覚えた。

「大丈夫かい？」

青ざめたマホロに、アルフレッドが声をかける。

「大丈夫……です」

マホロはかろうじて呟いた。そうだ、王宮にはオボロの身体から取り出した竜の心臓があったのだ、と思い出した。光魔法の血族の心臓に移植すれば、長い命をもたらすものが。

「彼は手術を希望していて、そのための検査や問診を行っている。彼が王宮にいるのはそういうわけだ」

アルフレッドはすっと立ち上がり、マホロの隣に移動して、さりげなく肩を抱いた。

「移植……するのですか？」

マホロはこわごわと尋ねた。

「彼の意志は固くてね。もちろん危険な手術であることは、過去の君たちの例から知っている。それで手術するに当たって、万が一のことを考え、君に司祭代理を務めてもらいたいんだ。彼の話では、君以外に司祭を務められる者はいないそうだ。手術前後の三日ほどの間、頼めるだろうか。彼の手術には、光魔法の子がひとりつき添うことになっている。万が一のために」

マホロは無言になった。司祭代理——やりたくない、というのがマホロの意見だ。オボロに頼まれた時も、断った。

「……本当に、俺以外できないんですか？」

マホロはうつむいて、声を絞り出した。司祭になったら、ギフトを人に与える役目を負う。もしアカツキが死んだら、マホロはずっと司祭を務める羽目になる。

「嫌なのかい？」

アルフレッドは少し驚いたそぶりで、覗き込んできた。

「俺は嫌です」

珍しく頑《かたく》ななマホロに、アルフレッドは考え込むように顎《あご》に手を当てた。

「彼の手術は、今月末……そう、建国祭の前を予定している。それまでに、もう一度考えてみてくれないか？」

アルフレッドに優しく言われたものの、マホロはずっと下を向いていた。絶対服従の呪法で、マホロはアルフレッドの命令に逆らえない。アルフレッドが本気で命令したら、逆らえなかっただろう。ノアがアルフレッドと誓約魔法を交わしていなかったら、きっとそうなっていた。

「……俺は司祭はやりたくないです」

アカツキへの不信感が募り、マホロは少し不満げな声になった。水晶宮には他にも光魔法の血族がいる。誰も務められないなんて、おかしい。

「俺は君たちの血族の事情にうといから、彼の言い分を呑んでしまったが……。なるほど、彼は君を水晶宮に留め置きたいのかな？　特殊な場所だしね……」

熟考するようにアルフレッドが呟いた。ハッとしてマホロは顔を上げた。王宮でアカツキとアリシア妃を見た時から感じていた嫌な感覚が蘇ったのだ。マホロが今すぐアカツキと話したいとアルフレッドに言うと、すでに水晶宮に戻ったと聞かされる。今日は術前検診で二時間ほどいただけだという。

「アカツキとアリシア妃が話しているところを見ました。何か企んでいるのではないかと心配なのですが……」

マホロが不満を込めて言うと、アルフレッドはこめかみに指を当てた。

「アカツキには常に護衛がいて、誰と会いどんな会話をしたか報告させている。俺もアリシアには近づけたくなかったのだが、彼らはまるで待ち合わせたように出会ってしまう。今のところアリシアはアカツキに好意的だ」

アルフレッドはアリシア妃しか警戒していないようで、マホロの不安を解消するに至らなかった。アカツキがノアを敵視している話はアルフレッドにはしたくない。

「アカツキとふたりで話したいんです。王宮に来た時でも、水晶宮でも……団長にお願いできないでしょうか?」

マホロは頭を下げて頼み込んだ。アカツキの本心が知りたかった。何を企んでいるのか、あるいは何も企んでいないのかもしれないが、本人の口から事情を聞きたい。

「分かった、来週末にでも会えるよう、取り計らおう」

快く頷いてくれたアルフレッドにホッとして、今はアカツキについて考えるのをやめようと決めた。アカツキがこの先も生き永らえたくて竜の心臓を移植したいという気持ちはよく分かる。

だが危険な手術だ。司祭を務めたアカツキなら移植が成功する可能性は高いそうだが……。

　アカツキ自身を案じる気持ちとは裏腹に、アカツキが何をしでかそうとしているのか、マホロはどうしても不安を拭えなかった。ノアを排除したいアカツキと、闇魔法の血を色濃く受け継いだアリシア妃が交流を持っているのが、不気味でならない。

　もどかしく、不穏な空気が流れていた。水晶宮が遠く感じられ、マホロは焦りに身を委ねるばかりだった。


　水晶宮に行くことになったのは、翌週の土曜日だった。団長がマホロを森の人が住む村まで送ってくれた。森の人の住む地域に神殿を建てるべく、団長は村長であるアラガキと話をしなくてはならなかった。護衛騎士は同伴しないため、マホロは久しぶりにひとりになった。

　環状列石のある地下神殿への入り口に立つと、手のマークが描かれた巨岩の前に立ち、水晶宮へと移動した。

「マホロ、待っていたよ」

　水晶宮に下りると、水晶で作られた不可思議な空間にアカツキが立っていた。アカツキは祭祀《さいし》服姿《ふくすがた》で、祭壇の前にいた。その表情はどこか不機嫌そうで、じろりと睨みつけてきた。

「マホロ、君を見損なった」

アカツキは尖《とが》った声でいきなり嫌な言葉を叩きつけてきた。

「アカツキ、一体何を……」

「司祭代理を断ったと聞いたよ。どうしてそれくらいやってくれないのさ？　君は、そんなに狭量な人間だったのかい」

苛立たしげなアカツキに、マホロは黙り込んでしまった。アカツキが不機嫌な理由はマホロが司祭をやりたくないと断ったせいらしい。

「大体君は、光魔法の血族のために、何もしていない」

マホロが黙り込んだことで、アカツキは余計に腹を立てたように言い募ってきた。

「君は長い命を得たにも拘《かかわ》らず、子どものひとりも作っていない。我ら光魔法の血族のために、何もしていないじゃないか！　それなのに、司祭代理さえしたくないなんて、君はひどいわがままな奴だよ！」

声高にアカツキに責められ、マホロは胸が締めつけられた。アカツキの主張はマホロの弱いところを突いた。アカツキが言う通り、マホロは何もしていない。マギステルも何度も子どもを作れと言っていたが、そんなつもりはなかった。

「俺は……、確かにそれは悪いと思っているけれど……」

自分より年下の子どもに詰《なじ》られ、マホロは眉根を寄せて自分の腕を抱いた。アカツキはじりじりと寄ってきて、歪んだ顔を向けてくる。

「しかも、聞いたよ、マホロ。君は——まるで光魔法の血族は自分ひとりだけのように、振る舞っているそうじゃないか？　聖者なんて持ち上げられて――、ちやほやされていい気分なんだろうね」

アカツキに指を差され、マホロはぽかんとした。

「俺にそんなつもりはない！」

腹が立ち、マホロはつい怒鳴り返した。自ら聖者として振る舞ったことはないし、その地位を望んだこともなかった。救いを求める人の声を無視できずにここまできてしまったが、ずっと苦しかった。するとアカツキが険しい表情で、髪を掻き上げた。

「どうだか。聖者巡礼だって？　たくさんの金をもらい、たくさんの人から称賛の声をもらって、気分よく過ごしていたんだろう？　まさか司祭代理を断るのは僕への嫌がらせかい？　自分以外に竜の心臓を受け入れる者が出てきたら、君にとっては邪魔だものね」

憎たらしくアカツキに皮肉られ、マホロは拳を握った。

「俺がいつそんなことを⁉　巡礼は俺が望んでやっていることじゃない！　司祭代理を拒否するのとは、別の問題だ！」

怒鳴り返す自分に嫌気が差し、マホロは髪をぐしゃぐしゃと掻き乱した。アカツキの挑発に乗って、つい乱暴な声を上げてしまった。相手はまだ年端もいかない子どもなのに。

――だが、ずっと自分が後ろめたく感じていたことを煽《あお》られ、冷静になれなかった。聖者だの聖人だのと持ち上げられて、いつも苦しかった。自分はただ光の精霊王に頼んでいるだけなのに、聖者と崇《あが》められると嘘をついているようで嫌だった。

「正直に言えよ、マホロ。君がその力を使って、人々から崇拝されるのを喜んでいるのを僕は知っているんだよ。君からすれば、同じ力を持つ僕が邪魔なんだろう？　はっきり言うけど、君は特別なんかじゃない。優越感を持っているなら、即刻捨て去ることだね。それに君はひどい奴だ。アリシア様に冷たく当たっているそうじゃないか」

熱を込めて言うアカツキに、マホロは目を見開いた。

「アリシア様から聞いたよ。君はノアに嘘を吹き込んで、親子の邪魔をしているって。あんなに優しくて素晴らしい女性に対して、人の心はないの？　アリシア様は息子から嫌われたと、泣いていたよ。それにひそかに愛する夫も、マホロがあることないこと吹き込んだせいで、会うことすら叶わなくなったって」

アカツキの口から紡がれる醜悪な嘘に、マホロは青ざめた。アカツキのいうアリシア妃は、自分の知っているアリシア妃と違いすぎる。

「アカツキこそ、何を言っているんだ？　アリシア妃は……闇魔法の血を引いているんだよ？」

ざわざわと騒ぐ胸を押さえ、マホロはアカツキを凝視した。

「アリシア様はもう闇魔法の力を喪《うしな》っている。ただの可哀想な女性だ」

アカツキは切なそうにまつ毛を震わせ、祈るように手を組んだ。

「アリシア様は僕を優しく抱きしめて、僕の母親になりたいと言ってくれた。あんなに慈愛に満ちた人に初めて会ったよ。アリシア様はいろんな話をしてくれた。ずっと闇魔法の血に苦しんだって。だから光魔法の血族に、救いを求めたかったって。それなのに君はアリシア様を拒絶して、頑なに冷たい態度をとったそうだね。同じ光魔法の血族として軽蔑するよ。懺悔《ざんげ》するアリシア様を憐《あわ》れむ気持ちはマホロにはないの？」

アカツキはどこかうっとりとしてアリシア妃について語る。マホロはいともたやすくアカツキを誑《たら》し込んだアリシア妃の滑稽さに怖気《おぞけ》が立った。アリシア妃にとって、世間知らずの子どもを騙《だま》すことなど、簡単だったに違いない。

「アリシアを信じるな！　あの女は俺に毒を盛ったんだよ！」

強烈な嫌悪から、マホロは大声で叫んだ。その勢いにアカツキはびくりとしたが、すぐに闘志の炎を瞳に燃やした。

「アリシア様の言う通りだ。アリシア様はマホロが僕にそういう嘘を並べ立てるって言ってたよ。何でそんな嘘をつくの？　君には本当に失望したよ。あの極悪人のジークフリートを野放しにしようとした時も呆れたけど、慈愛に満ちたアリシア様を悪く言うなんて。やっぱり外の世界で暮らすと、精神が汚染されていくんだね。僕はそうならないように気をつけなきゃ。君は危険人物であるノアさえも、放置しようとしている。ノアは優しいアリシア様を虐げる悪人だ。司祭として見過ごせないよ」

アカツキは唇を歪めて、吐き捨てる。マホロの言葉はまったくアカツキに届かなかった。ここまでアカツキを心酔させたアリシア妃に恐れを抱いた。アカツキはまるでアリシア妃の信者のようだ。だが、無理もないのかもしれない。光魔法の血族は短命で、母親を知らずに育つ。そこへアリシア妃が女神のような母性を見せてアカツキに近づいたのだ。

「子どもを作らず、司祭代理を務めることさえ放棄するというなら、せめて僕の手術の間くらい水晶宮にいる子どもたちを見守るべきだ。それすら放棄するなら、光魔法の血族を名乗る権利はない」

マホロはぐっと唇を噛んだ。

「……水晶宮にいる子を見守るくらいはいいけれど……」

マホロは罪悪感を覚えて、そう答えるしかなかった。アカツキはこれみよがしなため息をこぼして、首を振った。

「意識さえ取り戻せば、僕は光魔法で自分を治癒できる。陛下からは術後のデータが欲しいと言われているが、君が司祭代理を拒否するなら仕方ないだろう」

嘲るようにアカツキが言い、マホロも落ち着こうと努めた。竜の心臓を移植するのは、大きな手術だ。多くの子どもが亡くなったように、アカツキも絶対に大丈夫とは言いきれない。アカツキだって不安なのだ。

「俺が……手術に立ち会ったほうがいいのでは？　何かあっても俺ならすぐに回復させられる」

少し考えてマホロが申し出ると、アカツキはやれやれと肩をすくめた。

「もし僕がそこで死ぬ運命なら、光魔法でも治せやしないさ。寿命は延ばせないって、君は知らないの？」

馬鹿にした嗤《わら》いを浮かべ、アカツキはくるりと背を向けた。

「でも僕は死なない。司祭になれる者は、竜の心臓を受け入れられるはずなんだ。オボロがそうだったように……」

　アカツキは強い視線を宙に向けて呟いた。

「自分の未来は視《み》ていないのか？」

　マホロは気になってアカツキに問うた。アカツキは時間を往き来することができる。そのせいでジークフリートやノアを抹殺したがっていたのだ。未来視は司祭のみが使える魔法だ。

「……自分の未来へは飛べなかった。光の精霊王にも、それはできないと諭された」

　悔しそうにアカツキは明かす。アカツキがこんなふうにマホロに反抗的なのは、不安を感じているせいなのだ。

「本当に司祭代理を務められる子はいないの？　ヒノエは？」

　マホロはアカツキがよく近くに置いている少女の名を挙げた。アカツキは小さく首を振る。

「ヒノエはまだ無理だ。一年後なら司祭になれるけど」

　アカツキの言葉に嘘がないなら、本当に司祭代理を務められる者がいないのだ。アルフレッドから聞いた時には、何か思惑があるのではと疑ったが、そういうわけではなかったらしい。アカツキに対して疑った自分を反省した。

「アカツキ、……アリシアを信じるのはいいけど、彼女は闇魔法の血を引いた人だよ。君の視た未来に彼女はいなかったの？」

　アリシア妃を信じ込んでいるアカツキは、危険だ。光魔法の血族として、無意味に人を陥《おとし》れるような真似はしないだろうが、アリシア妃の巧みな口車に乗せられて、取り返しのつかない真似をする可能性はある。

「僕が視た、あってはならない未来に彼女はいない。彼女がこの国に悪事を働く人なら、僕の視た未来視に登場しているはずだよ。彼女は闇魔法の血族だったかもしれないけど、今はただの可哀想な女性だ。君こそ、アリシア様にひどく当たるのはやめてもらいたいね」

アカツキと話しても平行線のままだった。これ以上アリシア妃について語っても、余計にこじれるだけだ。マホロは疲れて、喧嘩別れのような状態で水晶宮を出た。

アカツキがどんどん悪いほうに変貌していく気がした。

マホロはアカツキと話すことにより、いっそう不安に囚《とら》われた。

5 建国祭の悪夢

　アリシア妃に傾倒しているアカツキについてノアと話したかったが、ナターシャ付きの近衛騎士となったノアと個人的な話をするのは難しかった。王宮内では人目があり、互いの立場を考えると声をかけられない。手紙を書くべきかと思ったが、自分の不安をどう伝えていいか分からず、無為に日が過ぎた。

　週明けには馬車と船を使ってクリムゾン島に戻り、悩んでいるうちにあっという間にアカツキの手術当日になった。建国祭を二日後に控えたよく晴れた日の午後、団長がローエン士官学校までマホロを迎えに来た。

「建国祭に出席するようにと陛下のご指示だ。明日の夜、森の人の住む村まで迎えに行くから待機しておいてくれ」

　団長は少しやつれた面立ちでマホロの腕を取った。建国祭にはさまざまな行事があり、魔法団団長ともなると仕事が山積みだ。特に《転移魔法》という便利な異能力を持つ団長は、アルフレッドから重宝されている。これまでギフトの力はひそかに使われていたらしいが、使用頻度が増え、認知されつつあると聞く。

「女王にはこんなにこき使われなかった」

マホロを森の人の住む村まで送り届けた団長は、珍しくぼやいた。女王は基本的に団長の異能力を当てにしておらず、よっぽどのことがない限り、命じなかったそうだ。アルフレッドは馬車や船の移動で間に合う場所であっても団長を使うらしい。

「あの……アカツキ、はどうなりましたか？」

このまま帰ろうとしたマホロは団長に、思い切って問いかけた。アカツキはもう王都の病院に行っているはずだ。どうなったか気がかりだった。

「お前を迎えに行く前にあの司祭を病院に連れていったので、まだ手術の結果は分からない」

アカツキの無事は確認できなかったが、マホロはアカツキとアリシア妃について知りたくて、団長に尋ねた。

「あの、アカツキがアリシア妃を慕っているようなのですが……大丈夫でしょうか」

マホロの切実な様子に、団長も眉根を寄せた。

「あの少年がアリシア妃と交流があることは報告を受けている。監視者の話では、政治や社交界、王宮内に関することで危険な話はしていないと。アリシア妃はあの司祭に対して母性を抱いているようだったと聞いているが」

王宮にいる彼らには監視の目がついている。アカツキとアリシア妃が会って話した時間はそれほど長くはない。それなのにあれほどアリシア妃に心酔していた。アリシア妃にはわずかな時間でアカツキを自分の意のままにする力がある。王族の持つ『魅了』をアリシア妃も持っているのだ。

「陛下は、あの司祭に手術をする交換条件として、水晶宮の奥へ入ることを許された」

憂い顔で団長が言い、マホロは胸が騒いだ。アルフレッドはアカツキの願いと引き換えに、水晶宮に入ったのか。

「陛下は俺たちが知っている場所より、もっと奥にあるお前たちだけが入れるところまで行ったらしい。どうもそれ以来、心ここにあらずといった様子でな……。あの人は、この地に興味がありすぎる」

団長は君主を案じている。光魔法の血族以外を水晶宮の奥へ入れるのはマホロも不安だった。信頼している者であっても、光魔法の根幹に関わる場所へ入れてはいけない気がする。アルフレッドは自分たちとは異なる生活をする光魔法の血族の暮らしを見て、どう思ったのだろう。魔法を超えた世界を知り、アルフレッドの心には何が宿ったのだろう。

「明日の夜に迎えに来る。そのまま王都の屋敷へ連れていくから」

団長はマホロとの話を切り上げて去っていった。もう少しアカツキに関して話したかったが、忙しい団長を引き留めることはできなかった。

「おお、マホロ様。ようこそ」

森の人の住む集落に入ると、いつものように村長のアラガキが笑顔で挨拶《あいさつ》してくる。

「何か変わったことはありませんか？　神殿は順調でしょうか？」

マホロが気遣うと、アラガキは顎《あご》を撫でて建設中の仮神殿に目を向けた。神殿建設は団長が設計士を手配して、基本的に森の人の手で造っている。司祭に神殿を建てていいか聞いた際に、森の人の手で造るならよいと言われたからだ。それもあって建設はかなりゆっくりしたペースで、完成までに何年かかるか分からない。

「神殿は大丈夫でしょう。ただ最近、見慣れない獣をよく見かけます」

アラガキが草原へ目を向けて言う。

「見慣れない……獣？」

マホロはつられて草原へ視線を向けた。以前、司祭であるオボロがいなかった頃、闇の獣がこちら側までやってきて森の人たちを脅《おびや》かした。アカツキの不在が増えて、また闇の獣が獲物を狙ってこちらまで来るようになったのだろうか。

「人の何倍も大きい赤い獣です。何か悪さをするわけではないのですが、時々こちらを見ております」

赤い獣と聞き、真っ先に思い浮かんだのは、レスターだ。

クリムゾン島に侵入した際、レスターとオスカーとは離れ離れになった。その後、レスターは行方がようとして知れなかったが……、レスターが獣になって立ち入り禁止区に入ったのだとしたら、見つけられなくても仕方ない。

（もしかして、ずっと獣の姿で……？）

異能力で獣になれるレスターだが、ずっと獣として過ごしているのだろうか？　ひょっとして人の姿に戻る気はないんじゃないだろうか。

(そのほうが幸せなのか……)

討たれたオスカーを思えば、見つかって処刑されるより、獣のままでも生きていてほしいとマホロは思った。マホロは村長のアラガキと雑談を交わして、環状列石へ足を延ばした。

いつもの手順で水晶宮に下りて、水晶の長い廊下を歩いていると、等間隔に並べられた柱の陰から光魔法の子どもたちが現れた。

「マホロー。来てくれたんだぁ」

「一緒に遊ぼう」

「こっち来てぇ」

幼い子どもたちは無邪気な笑顔でマホロにくっついてくる。奥に進むと景色が切り替わり、光魔法の子どもたちが暮らす区域に入った。マホロはローエン士官学校の制服を脱ぎ、用意されていた白い貫頭衣を着込んだ。子どもたちにアルフレッドが来たかと問うと、金髪の大人の男性が楽しそうに水晶に触れていたと言っていた。光魔法の血族以外が水晶に触れたらどうなるか、マホロは知らない。異次元の世界に触れ、アルフレッドはかなり興奮して帰っていったらしい。

(ここを利用するような真似をさせては駄目だ)

アルフレッドは新しいものに目がなさそうだから、今度会った時に釘を刺しておこう。

子どもたちはマホロを広い草原や雲の神殿、海や山へ誘《いざな》う。すべて偽りの映像、偽りの空気、偽りの感覚だが、それらは本物そのものだ。子どもたちはひとしきり遊ぶと、再び居住区域に戻り、並べられたベッドで昼寝を始めた。食事や排泄《はいせつ》、病気や怪我《けが》、咽《のど》の渇きについてはそれぞれに適した水晶に触れると解消されるが、睡眠だけはふつうの人と同じようにとる必要があった。

子どもたちが寝ている間、マホロはふと気になって知識を得られる煙水晶に触れた。子どもたちが寝ている広い部屋の壁には、あらゆる色の水晶が埋め込まれている。煙水晶は、知識を得られる水晶だ。前回はあまりに膨大な知識がいきなり頭に雪崩《なだ》れ込《こ》んできて、びっくりしてすぐに手を離してしまった。

「う……」

煙水晶に触れたとたん、マホロの知らない水晶宮に関する知識が頭に流れ込んでくる。今度は我慢してそれを受け入れて、光魔法についてのより多くの知識を得た。相手の嘘を見破る呪文、闇の力を撥《は》ね除《の》ける呪文、時を止める呪文……。マホロが知り得なかった光魔法が次々と頭に飛び込み、ひどく驚いた。光魔法はこれほど多岐にわたっていたのか。

新しい呪文に感銘を受けていると、やがて水晶宮での司祭の役割や代替わりの儀式、司祭が死んだ場合の処置まで知識として脳裏に飛び込んでくる。

「マホロ……？」

煙水晶の前で呆然と立ち尽くしていると、近くのベッドで寝ていたヒノエが目を擦りながら起き上がった。

「どうしたの？　具合が悪いの？」

ヒノエは驚愕《きょうがく》しているマホロに首をかしげる。マホロは煙水晶から手を離した。

「ヒノエ……、司祭代理、なんて本当はいないの……？」

マホロは強張った表情で尋ねた。司祭に関する知識を得た今、アカツキの言い分に違和感を覚えた。アカツキはマホロに司祭代理を要求したが、知識の中に司祭代理は存在しなかった。

「いないよー。司祭が死ぬか、光の精霊王に職を解かれないと次の司祭になれないのー。代理なんて誰にもできないよ」

あっけらかんと答えられ、戦慄《せんりつ》した。

司祭代理はそもそも存在し得ない……？　だとしたら、何故アカツキはそんな嘘を？

「たとえば……アカツキが司祭の職を解いて、俺に司祭の役目を渡したら……、その後、またアカツキは司祭に戻れる？」

マホロはアカツキに嘘をつかれたと信じたくなかった。

「それは無理だよぉ。一度司祭を辞めたら、もうできないもん。マホロに司祭の職を渡したら、マホロがずっと司祭だよぉ」

明るく言われ、マホロは息を呑んだ。アカツキはマホロを騙《だま》して司祭をやらせようとしたということになる。だからマホロが断った時に、別の司祭代理は立てようとしなかった？　いや――これは本当にアカツキの目論見《もくろみ》だったのだろうか？　もしかしたら、マホロを邪魔に思うアリシア妃にそそのかされたのでは……。

（もし、受け入れていたら……）

アカツキに同情して司祭代理を引き受けていたら、とんでもない事態に陥《おちい》っていた。

「マホロ、司祭になるの？　未来を視《み》たいの？」

ヒノエは膝を抱えてあどけなく問う。司祭には司祭にしか持てない力がある。未来視もそのひとつだ。アカツキは未来を何度も視たことで、変わっていった気がする。

「いや、俺は……司祭はやりたくない……」

マホロは自分の動揺を悟られまいと、ヒノエの頭を優しく撫でた。アカツキのことがどんどん恐ろしくなっていく。

「アカツキは……変わったよね。……竜の心臓を移植したら、どうなっていくのだろう」

こんな気持ちを幼いヒノエが理解できるか分からなかったが、マホロは誰かに話したい気持ちが抑えきれなくてつい口にしていた。

「アカツキは長生きできるんだぁ……」

悲しそうな声でヒノエが膝に頭を埋《うず》める。

「いいなぁ……」

ぽつりと漏らした言葉に、マホロは胸が締めつけられた。自分が何もしないせいで、光魔法の血族が死んでいく。アカツキに何もしていないと責められ、苦しかった。自分が現世と決別する勇気さえあれば、すべてうまくいくというのに。光の精霊王は自ら望まなければ、扉を開くことはできないと言っていた。今の自分は到底その心境に達していない。

——理由は分かっている。自分は、光魔法の血族を家族と思っていないからだ。

これがノアやジークフリートのためだというなら、マホロは死を選んだかもしれない。けれど自分にとって光魔法の血族はつい最近出会った存在でしかない。小さい頃の記憶はおぼろげで、光魔法の子どもたちを可愛いと思っても、特別な存在には思えないのだ。自分は他人のために生きられない。罪悪感で苦しいのに、やっぱり死は恐ろしくて、勇気が出ない。

自分は卑怯者だ。だから聖者と崇《あが》められるのが苦痛だった。見知らぬ人間は救えても、同族を救えないのだから。

「ごめん……ごめんね」

マホロは無意識のうちにヒノエを抱きしめ、謝っていた。ヒノエはびっくりしたように目をくりっとさせ、抱きしめてくるマホロの頭を撫でた。

「何でマホロが謝るの？　大丈夫だよ。アカツキは自分の手術が成功したら、司祭になれそうな子には竜の心臓を移植させるって言ってるから。そのためには竜の谷に行って竜を殺さなきゃいけないらしいんだけど」

マホロは驚いてヒノエの小さな肩に手を置いた。

「竜の谷に行って、竜を殺す……？」

マホロは声を潜めた。

「うん。ジークフリートたちは国から奪った魔法石を、竜の谷の竜に全部食べさせちゃったんだって。だから、あそこの竜を殺して心臓を取り出せば、私たちも長生きできるって。でも竜を殺すなんて私たちには無理だよね？　だって私たち、動物や生き物を殺せないもん。どうするんだろう？」

ヒノエのもたらした情報に背筋が冷えた。ジークフリートたちが国から奪った魔法石は膨大な量で、一体どこへ隠しているのか謎だった。以前オスカーにさらわれた際、立ち入り禁止区でアンジーの操る竜が魔法石を食べるのを見たが、奪った量からすれば少なかった。残りの魔法石はすべて竜の谷にいる竜に食わせたのか。

「アカツキは光魔法の王国を作るって言ってた。アカツキは闇魔法の人が嫌いなの。ジークフリートを殺させちゃってごめんね？」

ヒノエは少し申し訳なさそうだ。ジークフリートの元へノアを連れてきたのはヒノエだ。それについてヒノエを責めるつもりはない。ヒノエは何も知らないまま、ただアカツキに言われたことをやっただけ。

「ノアも排除するってアカツキが言ってた。ノアはマホロの番《つがい》じゃないの？　でもマホロは女性になってないから違うの？」

上目遣いで聞かれ、鼓動が跳ねた。アカツキはまだノアを排除するのを諦《あきら》めていない。

「アカツキは……どうやってノア先輩を排除するつもりなの？　何か知っている？」

心拍数が上がって、居ても立ってもいられなくなったが、マホロは必死に自分を抑えた。

「んーとね。大勢の前で闇魔法の者だって見せつけたら、他の人がノアを排除してくれるって言っていたよ」

「大勢の前……？」

ぎくりとしてマホロは一歩退いた。二日後には建国祭がある——。まさかそこで、ノアが闇魔法の者だと分かる魔法を使う？

「何てことを……っ」

マホロはこの場を飛び出したくなった。だが、今すぐにはノアの元へ行けない。この水晶宮からクリムゾン島まで、自分では急いでも一週間はかかる。団長が迎えに来る明日の夜に王都へ戻って、急いでノアを探すほうが効率がいい。

「アカツキ……ッ」

たとえようのない怒りに似た感情が湧き上がって、マホロは頭を抱えた。闇魔法の血族というだけで、排除したいなんて間違っている。アカツキはノアをジークフリートの同類だと思っている。たとえそうだとしても、それを罰する権利はアカツキにはないはずだ。そもそもアリシア妃だって闇魔法の血を引いていた。今はその力を喪《うしな》っているから、アカツキにとっては排除対象ではないというのか？

それとも、ノアがギフトの力を持っているから……？

（ギフトを渡すのは司祭の役目……けれどアカツキはそれが納得できないのかもしれない）

考えれば考えるほどにアカツキが分からない。けれど、ひとつだけ確かなことがある。

――アカツキは、神になった気でいる。

そもそも人が人を罰する正当性とは何だ？　アカツキは光魔法の司祭になってから、自分が世界を救うと思い込んでいる。それはゲームでチェスの駒を動かすようなものだ。誰も頼んでいないのに、アカツキはノアが危険人物になりうるというだけで排除しようとする。光魔法の血族は光魔法を使えるが、だからといって世界を救う役目ではない。本当に排除しなければならない存在なら、光の精霊王が命じるはずだ。

光の精霊王は自由を重んじている。

マホロには、門を開ける役目があると言ったが、決して無理強いはしない。この世に生きるすべてのものに対して、光の精霊王は自由意志を尊重している。たとえそれがジークフリートが行った大量虐殺であっても。

アカツキが作ろうとしている世界は、机上の空論としか思えなかった。頭の中で描いた架空の理想世界。そうだ、それはまるで水晶宮の偽りの世界と同じだ。アカツキは架空の世界しか知らないから、生きている人間ひとりひとりが感情を持っていることが理解できない。闇魔法の血族を排除すれば、それで美しい世界が誕生すると思っている。真に問題なのは、異種族を自分と異なる危険な存在と思い込み、ないものとすることではないだろうか？　もし、闇魔法の血族が禁忌とされていない世界だったら、ジークフリートはあそこまでおかしくならなかったのではないか。

（生まれてはならない存在……）

闇魔法の血族がそうだとしたら、光魔法の血族もまた同じだ。ジークフリートが国を揺るがす極悪人となったように、アカツキは独りよがりな善を振りかざして、国を作り替えようとしている。

だが、アカツキがそうなったのは、自然な流れではないか。水晶宮で生まれ、過ごしてきたアカツキにとって、ここは偽りではない。同じ光魔法の血族であっても、マホロと意見が異なるのは、育った環境が違うからだ。マホロは外の世界で暮らし、いろいろな人と出会い、大切な人ができ、大切な人の死を経験した。喜びも悲しみも、痛みも苦しみも味わった。アカツキは、こうなるかもしれなかったもうひとりの自分だ。水晶宮しか知らなかったら、マホロだってアカツキと同じ心境になって、世界を救おうと力を振りかざしたかもしれない。

(いや――――こうなったのは、結局、俺のせいだ)

マホロは次々と生まれる感情に翻弄され、その場にうずくまった。

オボロに次の司祭になってくれと頼まれた時、マホロはそれを受け入れるべきだった。そうすれば幼いアカツキが司祭になることはなく、ジークフリートが死ぬこともなかったかもしれない。

(俺はどこから間違えたんだろう……?)

悄然《しょうぜん》とするマホロに、ヒノエが「大丈夫?」と寄り添ってくる。

自分には司祭という立場は荷が重く、ノアやジークフリートにギフトを与えるかもしれないと恐ろしかった。

できるなら、人生をやり直したかった。

頭の中がぐちゃぐちゃで、今は何も答えを見出《みいだ》せそうになかった。

時間の経過がひどく遅い気がした。

今すぐにでもノアと会いたいのに、マホロは何もできず水晶宮で過ごしている。翌日の夕刻には制服に着替えて、森の人の住む村で待っていたが、団長は現れなかった。

マホロは落ち着かず、村の周囲をうろうろした。日が沈み、かがり火が焚《た》かれ、月が村を照らしても、団長は来なかった。

アラガキに空いている住居を借りて仮眠をとったが、一向に現れない団長に嫌な想像ばかりが頭を過《よ》ぎった。日が昇り、朝になっても団長は姿を見せない。何かあったのは間違いないだろう。

建国祭は十時にガーランド広場で始まる。すでにその時刻を迎え、絶望を感じた。

焦燥感《しょうそうかん》に苛《さいな》まれていると、村の入り口に団長が現れた。

「団長！」

マホロは駆け寄った。団長は村の入り口の垣根に手をかけ、死人のような顔色でかろうじて立っている状態だった。マホロは慌てて団長を抱き留め、その身体の冷たさに驚いた。団長は息を乱し、冷や汗を流している。

「どうなさったんですか⁉」

アラガキや村の人が団長を支えて、マホロが使っていた家に運び込む。

「マホロ……、遅れてすまない……。昨夜、毒を盛られた……」

団長が苦しそうな息遣いで言う。マホロはハッとした。この症状は覚えがある。ミランダやブリジットと同じだ。水魔法だけでは治癒できない、呪いを込めた毒を団長は盛られたのだ。

「水魔法では治癒できなかったんですね？」

マホロは確認するように団長の額に手を当てた。すごい熱だ。意識を保っているのが不思議なくらいだ。

「一時間ほど前に意識を取り戻した……。お前の力を借りたい……」

団長は水魔法では治せないと悟り、ここまで《転移魔法》で飛んできたのだ。この場で一刻も早く治癒したいが、立ち入り禁止区では魔法が使えない。

「団長、魔法が使える場所まで行けますか？」

マホロはぜいぜいと息を切らしている団長に尋ねた。

「そのつもりだ……、少し待ってくれ」

団長が異能力を使うにはまだ時間が足りない。せめてもと村の人が処方する薬湯《やくとう》を飲ませた。聞きたいことはたくさんあるが、とても聞ける状態ではない。

「すみません、村の外まで運んでくれますか？」

刻限がきた頃、マホロは村の人に頼んで団長の身体を村の外に運んでもらった。団長は屈強な村の男に抱えられ、村の外へ出た。その団長の身体を、マホロは胸に抱き留める。

「団長、お願いします」

マホロが耳打ちすると、団長が最後の力を振り絞って《転移魔法》を行った。団長の身体を抱きしめ、マホロは浮遊感に耐えた。

目を開けると、王宮の中庭にいた。マホロは意識を失ってぐったりしている団長を芝生に寝かせ、急いで光の精霊王を呼んだ。

「光の精霊王、団長の身体から毒を取り除いて下さい」

マホロが光の精霊王に呼びかけると、光の精霊王が現れ、錫杖《しゃくじょう》を振る。団長の真っ白だった顔はみるみるうちに血色を取り戻していく。重い瞼《まぶた》が開き、団長が呻《うめ》き声《ごえ》を上げる。

「マホロ、助かった。ちょっとヤバかったな……」

だるそうに上半身を起こし、団長が呟く。中庭に現れたマホロと団長に気づいた衛兵が、驚いて駆け寄ってくる。団長は衛兵に肩を借りて立ち上がり、大きく頭を振った。

「もう大丈夫だ。食事に毒が盛られたらしい。回復したアカツキに治してもらおうとしたんだが、もうひとりの光魔法の子と共にあいつは病院から姿を消した」

アカツキが病院から姿を消した——。

マホロは団長の腕を強く摑んだ。

「アカツキはノア先輩を窮地《きゅうち》に陥れようとしているんです！　急いでノア先輩を探さないと！」

マホロが甲高い声を上げると、団長は目をカッと見開いた。団長は使い魔を呼ぶ呪文を唱え、目の前に一頭の馬を呼び出した。黒い鬣《たてがみ》の立派な馬で、軽く前脚を持ち上げる。

「ノアはナターシャ王女殿下の近衛騎士として式典に参加している。マホロ、乗れ。ガーランド広場まで急ぐ」

団長が黒馬に乗り、マホロに手を伸ばした。マホロはその手に摑まり、黒馬に乗った。団長が黒馬の腹を軽く蹴ると、黒馬はいななないてすごい勢いで走りだした。マホロは団長の腰にしがみついた。

（間に合ってくれ！　アカツキが何かする前に！）

王宮の中庭を出て、黒馬は風の如《ごと》き速さで駆けた。土煙を上げて走る黒馬の勢いに衛兵たちは道を開けた。団長は馬と一体となって跳ね橋を駆け抜け、王都の王宮近くにあるガーランド広場を目指した。


ガーランド広場には大勢の人が集まっていた。中央にある会場の周りには騎士団と衛兵が並び、壇上には王族が用意された椅子に座っていた。舞台前にずらりと置かれた椅子には勲章《くんしょう》を授与される貴族や国民がいた。壇上の脇には楽隊がいて、高らかに音楽を奏でていた。建国を祝おうと、王都中の国民が押し寄せているのではないかと思うくらい、人があふれている。

団長は大勢の国民に馬の進行を邪魔され、仕方なく下馬した。マホロも馬から降り、人を掻き分けて壇上へ近づいた。

「団長、ノア先輩が！」

団長を追っていたマホロは、ノアが近衛騎士としてではなく、ナターシャの婚約者として壇上にいることに気づいた。ノアは長い黒髪を軽く結わえて肩に流し、白い礼服を着ている。ナターシャの隣には黒いレースをふんだんに使ったドレス姿のアリシア妃がいる。

壇上では式典用のきらびやかな礼服とマントを羽織ったアルフレッドが、爵位を継いだニコルに書状を渡すところだった。ハッとして貴賓席《きひんせき》を見ると、セオドアも出席している。ミランダはいない。安全を期して領地に置いてきたのだろう。

「どいて、どいて下さい！」

マホロは一刻も早く壇上に近づこうと、前にいる人を掻き分ける。アリシアの口元は扇で覆われているから分からないが、きっと何か事を起こすはずだ。

団長と共に壇上を守る騎士団の前に飛び出した時、一陣の風が吹いた。

「デュランド王国の民よ！」

髪が乱れるほどの風を巻き起こしたのは、宙に浮かぶアカツキだった。アカツキは白い貫頭衣姿で風魔法を操り、式典会場の上空に現れた。人々は驚き、突然現れたアカツキを見上げる。

「お前たちを救う僕に感謝するといい！　僕はこの国の未来を脅かす者を決して許しはしない！　さぁ、ノア！　お前の真実の姿を明かせ！」

アカツキは上空から光魔法を使って、壇上にいる人々に魔法をかけた。光の粒が壇上にいた人々に降り注がれていくのを、マホロは驚愕して見つめた。光魔法が人々の頭に降り注ぐと、異変はすぐに表れた。

ノアがひどく苦しみだして、胸を抱えて、膝を折ったのだ。その黒髪はあっという間に赤毛に変化し、なおも苦しそうに床に手をつく。

「あはははは！　どうだ、ノア、その姿を……」

壇上に降りて愉快そうに笑っていたアカツキの顔が、急に強張る。

マホロも息を呑んだ。

――髪の色が変化したのは、ノアだけではなかったのだ。苦しそうに胸を抱えたのは、王冠を掲げるアルフレッド、そしてナターシャだった。アルフレッドの美しい白金の髪がみるみる赤くなる。ナターシャは苦しそうに涙を流しながら、その場にひっくり返った。ナターシャの髪色も赤く染まっている。

混乱する人々の前で、今度はアリシア妃の黒髪が、まるで炎のように赤くなった。アリシア妃は自分の髪色に気づくと、唐突に笑いだした。苦しむノアやアルフレッド、ナターシャとは正反対に、アリシア妃は狂気じみた笑いを浮かべ、前に進み出た。国民たちは何が起こったか分からず、ざわついている。

「ああ！　何てこと！　予想以上だわ！」

アリシア妃は赤い髪をなびかせ、事態を理解できずにいるアカツキの前に立った。アカツキはアリシア妃やアルフレッド、ナターシャの変貌に言葉を失って立ち尽くしている。

「え、ど、どうして……？　アリシア様、……どうしてあなたまで？　あなたにはまだ闇魔法の欠片《かけら》が残っていたのですか……？」

アカツキは赤毛になったアリシア妃を、凝視する。

「こんな素晴らしい魔法を使えるなんて！　あなたは最高ね！　これこそ、まさに私が望んでいたものよ！」

アリシア妃はそう叫ぶなり床に手をつく。

「闇の獣よ！　私の命に従い、ここへおいで！」

アリシア妃が大声で告げたとたん、広場の地面から黒い獣が次々と姿を現した。熊のように大きな肉体を持ち、赤い目を光らせる闇の獣だった。国民は悲鳴を上げた。闇の獣は凶悪な雄叫《おたけ》びを上げて、牙を剥き出しにした。悲鳴と雄叫びは波紋のように広がり、国民や騎士団はパニックになる。

「逃げろ！　殺されるぞ！」

「助けて！　きゃああ！」

闇の獣は次々と人々を襲い始める。とっさに騎士団が対応したものの、闇の獣は俊敏で、動くたびに血が辺りに撒《ま》き散《ち》らされる。

「私はずっと闇魔法を使いたかったの！　やっぱり王都でも闇の獣を呼び出せるんだわ！　ああ、こんなに愉快な気持ちは久しぶり！　あなたに礼を言わねばね」

アリシア妃は、逃げ惑う人々や、赤毛になったアルフレッドやナターシャ、ノアをどうしていいか分からず遠巻きにするだけで動こうとしない近衛騎士を舐《な》めるように眺めた。アカツキはガタガタ震えていた。

「そんな……僕はこんなつもりじゃ……、どうしてこんなことに……」

アカツキは予想もしていなかった事態に、ただ震えるばかりだ。

「何をしている！　陛下とナターシャ王女殿下をお守りせよ！」

壇上に駆け上がった団長が大声で指示する。その声に近衛騎士たちが急いで倒れ込んでいるアルフレッドとナターシャを抱きかかえる。

「あの少年は人を闇魔法に変える魔法を使ったのだ！　その少年を捕らえよ！」

団長はその場に膝をついているアカッキを指さした。誰の目にもアカツキがしたことは明白だった。近衛騎士は我に返って剣を抜き、アカツキを取り囲んだ。アカツキは怯《おび》えてアリシア妃のドレスにしがみつく。

「アリシア様！　何故……っ、ノアを排除するだけのつもりだったのに……っ」

アカツキは剣を向けられ、とうとう泣きだした。

マホロは急いでノアの元へ駆けつけた。ノアは苦しそうに胸を喘《あえ》がせていて、今にも意識を失いそうだった。

「ノア先輩！」

マホロがノアの背中に手を当てると、ノアが激しくそれを振り払う。

「俺に触るな！」

ノアは混濁した意識で、マホロを遠ざけようとする。ナターシャは意識を失ったらしく、近衛騎士によってこの場から連れ出された。ローズマリーは近衛騎士に守られながら、苦しむアルフレッドから離れられずにいた。

「レオンは⁉　レオンはいないのか⁉」

団長が周囲を見回して、苛立たしげに叫ぶ。レオンがいれば、アリシア妃の闇魔法を消せるはずだった。

「あははは！　やっぱり！　やっぱりあの近衛騎士は事態を止める力を持っているのね！　毒を盛って正解だったわ！　あの堅苦しい男はとっくにあの世へ行っているわよ！」

団長の言葉を聞き近づこうとした近衛騎士に向かって、アリシア妃は闇の獣を放った。「うわぁ！」と近衛騎士が剣で闇の獣と応戦する。アリシア妃は団長だけではなく、レオンにまで毒を盛ったのか。しかも——レオンは……。

「嗤いが止まらない！　ああ、もっと！　もっと血を！」

アリシア妃は自分とアカツキを取り囲む近衛騎士を見渡し、さらなる呪文を唱えた。壇上に《悪食《あくじき》の幽霊》が現れ、辺り一帯は恐怖のるつぼと化した。アリシア妃を止めなければと思いつつも、ノアも気になり、マホロは身動きが取れずにいた。アリシア妃は今、狂気の淵《ふち》にいる。アカツキの放った魔法は、真実の姿を明らかにするだけではない気がした。

「ノア先輩、しっかりして！」

マホロは頭を抱えるノアに涙目で叫んだ。

「陛下を安全な場所へ連れていく！　そいつに近づくな！」

団長はアルフレッドとローズマリーを抱えて、《転移魔法》を施した。壇上からふたりの姿が消えた。アリシア妃はけたけた嗤いながら《悪食の幽霊》を次々と呼び出す。近衛騎士たちは《悪食の幽霊》に取り込まれ、呆気なく命を奪われていく。

広場は地獄と化していた。

マホロはノアを助け出さねばと、強引にノアの身体を引きずった。ノアは低く呻きながら、この場でひとり嗤い続けるアリシア妃を睨《にら》みつけた。

「《悪食の幽霊》よ！　セオドア様を喰らえ！　私のものにならないなら、生きている必要はない！　全部消えてしまうといい！」

アリシア妃は黒いドレスをひらひらと揺らし、剣を抜いて闇の獣と闘うセオドアとニコルを指さした。闇の獣は剣で突かれても切り裂かれても、痛みを感じないかのように動き、人々に牙を突き立てる。

「死ぬのは……お前だ。近衛兵、どけ！」

マホロの身体に抱きかかえられ、ノアが低く呟いた。乱れた髪の間から、ノアはアリシア妃に向かって手を伸ばした。近衛兵が何かを察して、アリシア妃とアカツキから離れる。

「あぐ……っ、う、が……っ！」

ドレスを揺らして踊っていたアリシア妃が、大量の血を吐いた。

「うあああっ！」

同時にアカツキも、血を吐いて膝をついた。アリシア妃とアカツキの骨が砕ける音が、この混乱の中でもマホロには聞こえた。アリシア妃のドレスは吐き出した血で首元から腰にかけて汚れている。がくりと倒れながら、それでも嗤っている。

「全部……壊れ、ろ」

アリシア妃は最後にそう呟いた。がくりと首から力が抜け、物言わぬ屍《しかばね》となった。アリシア妃は最後まで懺悔《ざんげ》することはなかったのだ。その横にいたアカツキはとっくに息絶えていた。最期まで何が起きたか理解できなかったに違いない。

「マホロ……、早く……逃げ、ろ」

ノアがマホロの腕を押しのけながら、呻く。ふいに身体に痛みが走り、マホロはノアから手を離した。ノアの身体の周囲で青い火花が散っている。

「力が……暴走する……、俺から離れろ!!」

ノアは自分の身体を抱きしめ、悲鳴じみた声を上げた。ノアの異能力が暴走し、今にも大きな爆発を起こしそうだった。会場には闇の獣と闘う騎士や兵がいる。ノアの暴走を止める術《すべ》はない。

マホロは血の気が引いた。

「嫌です！　逃げません！」

マホロはノアに抱き着いた。火花はマホロの身体を焦《こ》がし、強い痛みをもたらす。今、ノアを離したら一生後悔する。自分が離れたら、ノアは気を弛めて力を解き放つだろう。今はマホロが抱き着いているから必死に抑えようとしているのだ。これ以上ノアに人殺しをさせるわけにはいかなかった。

「光の精霊王！　助けて下さい！」

マホロは光の精霊王を呼び出そうとシンボルマークを描き、光の精霊王に広場の傷ついた人々の救済を願った。光の精霊王はマホロの望み通り錫杖を振って、怪我を負った人々の身体を治した。だが、闇の獣がいなくなったわけではない。光の精霊王の力は闇の獣を排除するものではないからだ。

『その者から離れるがいい。力の暴走で、この周囲に残れば滅びるだろう』

光の精霊王は怪我人を癒してくれたが、ノアの力の暴走は止めてくれない。マホロは絶望した。

「マホロ！」

絶体絶命を感じた瞬間、団長の声が響いた。団長はアルフレッドとローズマリーを別の場所へ移動させ、再びこの場に戻ってきた。

「俺のいない間に何が起きた⁉　クソッ、力が暴走しているのか⁉」

団長はアリシア妃とアカツキの遺体と、青い火花を散らすノアを見る。マホロはハッと閃《ひらめ》いて、光の精霊王を仰いだ。

「光の精霊王！　団長が《転移魔法》を今すぐ使えるようにして下さい！」

本来なら団長は、まだ《転移魔法》を使えない。連続して使うことができないのだ。

『心得た。――特別に、クリムゾン島の立ち入り禁止区へ入る許可を与えよう』

光の精霊王は錫杖を振り、団長の頭上に注いだ。団長はぎょっとしたように両手を見つめる。力が漲《みなぎ》ってきたのが感じられたのだろう。

「団長！　今すぐノア先輩と俺を立ち入り禁止区へ連れていって下さい！　このままじゃノア先輩の力が暴走してここにいる人々を死なせてしまいます！」

マホロの切羽詰まった声に、団長はすぐ理解した。ノアとマホロを抱きかかえ、《転移魔法》を使う。

青い火花がバチバチと鳴る音に、耳がおかしくなる。何も見えなくなり、何も聞こえなくなる。

それでもマホロは必死にノアを抱きしめていた。

6 最後の選択

《転移魔法》で飛んだ先は、立ち入り禁止区の地下通路を出た先にある廃神殿の近くだった。本来なら立ち入り禁止区に入るには、演習場の先にある名前を告げて通る岩壁を通り抜けなければならないのだが、特別に光の精霊王が許可してくれたらしい。地面に足がついてマホロがよろけると、団長はマホロの腕を引っ張った。

「ノア！　できるだけ離れろ！」

団長の怒鳴り声に釣られたように、ノアは青い火花を散らしながら、よろよろと歩きだした。マホロは団長と、できるだけノアから遠く離れた。数十メートルほど離れた刹那《せつな》、バチバチッと激しい音が鳴り響き、ノアが「うぐあああ！」と叫んだ。同時に衝撃波が生じて、マホロと団長は吹っ飛ばされた。草むらの上に転がり、マホロはくらくらしながら振り返った。

ノアが立っていた廃神殿の折れた柱が粉々に砕け散るさまが展開していた。ノアの暴走した異能力が、もともと崩れかけていた廃神殿の壁を次々と破壊していく。破壊が破壊を呼び、派手な音を立てて、建物が崩壊する。

崩れた建物から舞い起こる粉塵《ふんじん》と欠片《かけら》で、ノアの身体が見えなくなった。

「ノア先輩！」

マホロはノアが建物の下敷きになるのではないかと恐れ、悲鳴を上げた。暴走した力は廃神殿を粉々にして、景色を一変させた。駆け寄ろうとするマホロを団長が止め、状態が落ち着くのを待った。青い火花が見えなくなり、暴走はひとまず収まったと判断したのだろう。団長はマホロを押さえていた腕を放し、自らも駆け寄った。

「ノア先輩！」

マホロは瓦礫《がれき》の中に倒れているノアを見つけ、急いで助け起こした。ノアに怪我《けが》はなく、心音も正常だった。大きな力を使ったため、意識を失ったのだろう。生きていることにホッとして、マホロはノアをぎゅっと抱きしめた。

「よかった……ノア先輩」

最悪の事態も予想できたので、ノアが無事で、無為に人を殺《あや》めることにならなくて心から安堵した。だが——建国祭に来ていた人たちのことを考えると、絶望しかない。粉で白くなったノアの顔をハンカチで拭《ぬぐ》い、マホロは恐る恐る団長を見た。

「団長……、これからどうなるのでしょう」

一連の出来事が思い起こされ、震えが止まらなかった。アカツキの魔法によってアリシア妃やノアだけでなく、アルフレッドやナターシャまで赤毛に変化した。アルフレッドに魔力があるのは知っていたが、まさか闇魔法の血によるものだとは思いもしなかった。アルフレッドにはジークフリートやフィオナのように殺戮《さつりく》を好む様子はなかったし、我が子を見る目やローズマリーに対する態度は優しかった。それにナターシャも、闇魔法の気配は微塵《みじん》も感じなかった。ナターシャはまだ幼く、愛らしい子どもだ。闇魔法の血族の持つ残酷さなど、欠片も窺《うかが》えなかった。結局、こう考えるしかない。

——すべての王族には闇魔法の血が流れている。

闇魔法の一族の村の者全員が赤毛ではないように、髪色が違っても、王族に闇魔法の血は混じっていた。かつて闇魔法の一族と子を生《な》した者がいて、それから脈々と血は受け継がれてきたことになる。アリシア妃だけではなかったのだ。

（もしかして……王族が『魅了』の力を持っているのは……）

マホロはそんなことを想像して、恐ろしさに身震いした。考えすぎかもしれない。

「マホロ……、アカツキはどんな魔法を使ったか、分かるか？」

物思いに耽《ふけ》っていたマホロに、団長が思い詰めた様子で問う。

「……おそらく、血族の力を増強する魔法です。赤毛で生まれてこなかった闇魔法の者を、無理やり赤毛にする……本来は禁忌とされている魔法です。この魔法を使うと、術をかけられた人は耐え切れずショック死することが多いと学びました。アカツキはそれを最大限引き出す魔法を使いました。だからノア先輩は闇魔法の力が強まり、それにつられて異能力が暴走したのだと思います」

マホロは水晶宮で得た知識を団長に伝えた。

アカツキはノアだけが暴走すると思って広範囲に魔法を使った。けれど、アルフレッドやナターシャまで赤毛になり、アリシア妃には闇魔法の力が戻った。

「俺は《転移魔法》を使えるようになったら、すぐに現場に戻る」

団長はノアを抱え上げて、草むらへ移動しながら言った。マホロたちが移動した場所は広い草原で、先ほどまでの喧騒《けんそう》が嘘のように静かだ。団長は草むらにノアを下ろし、眉間《みけん》を揉んだ。

「王族は……闇魔法の血を引いているのか？」

苦しそうにこぼした団長に、マホロは悲しみが押し寄せてそっと背中に手を当てた。団長はとっさにアルフレッドやナターシャを守ったものの、忠誠を誓った相手に忌まわしい闇魔法の血が流れていたと知って動揺している。

「陛下は……、時々ひどく恐ろしく感じた。だが君主として冷酷さも必要だと……」

団長は大きな手で顔を覆い、最後は聞こえないくらいの小さい声で呟いた。

「団長……」

マホロはかける言葉がなくて、黙り込むしかなかった。気休めは言えなかった。アルフレッドやナターシャの髪色が戻るかどうかさえ分からない。ノアの髪色は赤いままだ。

何故王家が闇魔法を敵視してきたか、今となってはいろいろ勘繰りたくなる。過去の王族は自分たちの中に闇魔法の血が流れているのを感じていたのかもしれない。闇魔法の血族を取り込んだ過去の過ちを認めたくなくて、排除しようとしたのか。あるいは……、マホロは考えるのをやめた。

「すまない……お前に聞いても仕方ないな」

団長はやるせなさそうに笑い、顔から手を離した。

「あの少年に竜の心臓を移植するべきではなかったんだ。陛下は水晶宮に入りたいという願望があり、それを交換条件に手術に同意されたが……、お止めするべきだった」

団長が悔しそうに言い、マホロもまつ毛を揺らした。

「アリシア妃が企んだことです。止めるのは難しかったかと……。団長やレオン先輩にまで毒を……俺が止めるべきだったんです。アカツキが何をしようとしているのか、問い詰めるべきだった……」

尽きぬ後悔がマホロと団長に圧《の》し掛《か》かってきた。あの時ああすればよかったと今なら分かるが、疑惑は抱いていても、犯人のように追い詰める真似はできなかった。

「俺の光魔法の血族のイメージはお前のように無害な存在、だった。まさか光魔法の血を引く少年があんな恐ろしい企てをするとは」

団長は何かを振り切るように首を振り、顔を上げた。しばらくの間、団長は思い悩んでいるのか無言だった。

「……そろそろ能力が使える。俺は広場に戻るが、お前はどうする？　できれば、怪我人を治療してほしいが」

ノアの前に座り込んでいるマホロに、団長が問いかける。

「俺は……ノア先輩の傍にいたいです」

マホロはぐったりしているノアを見つめ、はっきりと述べた。目の前のノアを放ってはおけなかった。広場にいた怪我人は、光の精霊王の力で癒した。魔法士も騎士団もいる。だから今はノアを守りたかった。今のノアには自分が必要なはずだ。そして、自分も——ノアが必要だ。失いかけて痛烈に感じた。ノアがいないと生きていけない。

「そうか、分かった。もし君の手を借りなければならないような怪我人がいたら、また要請に来る。ノアを森の人の住む村まで連れていけるか？　重いだろうし、そこまで運ぼうか？」

マホロは首を横に振った。団長は少しでも早く現場に戻って指揮を執《と》りたいはずだ。ここまで運んでもらっただけで有り難かった。

「大丈夫です。行って下さい」

小さく微笑んでマホロが言うと、団長は頷いて、少し離れた場所から《転移魔法》で立ち去った。

マホロはノアとふたりきりになると、近くに流れる小川へ向かった。持っていたハンカチを水に浸して、ノアの元へ戻る。

「ノア先輩……」

ノアの白い頬を、濡れたハンカチで拭う。きらびやかだった礼服は今や焦げて薄汚れている。頬や首筋に小さな火傷《やけど》もあるし、周囲を破壊させた力は、ノア自身の体力や気力も消耗させた。

アカツキの暴走を止めることはできなかった。

アリシア妃の企みも阻止できなかった。

（俺は何て無力なんだろう……）

未来を守ると豪語したアカツキは、アリシア妃と共に命を絶たれた。竜の心臓を移植したオボロもアカツキも、移植してわずかな間に死んでしまった。長生きしたくて選んだ行動だったのに、どうしてこうなったのだろう。

「う……」

ノアの顔が歪み、苦しげな声が漏れる。

「ノア先輩」

マホロが覗き込むと、閉じられていた瞼《まぶた》がゆっくり開く。ノアの美しい青い宝石がマホロを射《い》貫《ぬ》く。

「マホロ、か……？　俺は、どうし……」

ノアは頭痛がするのか眉根を寄せて、起き上がろうとした。だが力が入らなかったのだろう。ふらりと倒れかけたので、マホロはとっさにノアの背中に手を回した。

「ここは森の人の住む村の近くです。団長に連れてきてもらいました。団長はガーランド広場へ戻りました」

ノアの背中を支えて上半身を起こさせながら、マホロは説明した。ノアはしばらく記憶を確かめるように額に手を当てていた。

「そうか……。俺は暴走して大量殺人を犯しかけていたんだな？」

ノアは自分がこの場にいる理由をすぐに察し、大きな吐息をついた。

「あの野郎……、目立ちたがりで誇大妄想のとんでもないガキだった。さっさと殺しておけばよかった」

憎々しげに吐き捨てるノアに、マホロは目が点になった。変わらない毒舌が嬉しくて、こんな時なのにマホロは笑ってしまった。

「……ひどいことになりました」

ひとしきり笑った後、マホロはぽつりと呟いた。ガーランド広場の惨状が脳裏に浮かぶ。

「そうだな……。俺の記憶じゃ、陛下が赤毛になっていたが、あいつにも闇魔法の血が流れてるってことか？　それであんな質のいい髪染めを持っていたわけだ。ああ、俺があいつを嫌いな理由がよーく分かった。ジークフリートと同じだ。同族嫌悪ってやつだな」

ノアは粉塵まみれの赤毛をぐしゃぐしゃにして嘆く。

「陛下だけじゃありません……。王女殿下も赤毛になりました」

マホロが沈痛な面持ちで言うと、ノアはしばし考え込んだ。

「……王家には闇魔法の血が流れているってことだな？　俺の母親はたまたま赤毛が出てしまったが、実は他の奴らも同じ穴の狢《むじな》だったってわけだ。……あの女の性格が歪むのも理解できるな。親父《おやじ》が言っていた。昔、アリシアを身ごもらせてほしいという王家の命令を断れなかったのは、少なからず同情していたせいだって。王宮でアリシアは冷遇されていた。赤毛で生まれたことで、忌み子とされていたそうだ」

ノアが語った話に、マホロも思うところがあった。アリシア妃は毒婦という言葉がぴったりの女性だったが、それにはそうさせるだけの境遇があった。

「とはいえ、あの女のやったことは最悪の一言だ。同情できないな。もっと苦しめて殺してやりたかったたくらいだ」

ノアはあっさりと言うが、実の母親を手にかけてしまったのだ。心に傷を負っているのではないかと、マホロは心配になった。そんなマホロの気持ちを察したのか、ノアは苦笑する。

「冷たく聞こえるだろうが、俺は何とも思っていない。あの場で殺す以外の対処はなかった。生かしておけばもっと惨状が広がったはずだ。闇魔法の力を取り戻したあの女は、すべてを破壊すること以外考えていなかった。息子の手で終わらせるのがせめてもの情けだろ」

落ち着いた声で話すノアは、本当に憂いている気配はなかった。

「口の中が粉っぽい。顔を洗いたい」

ふらつく身体を起こし、ノアが言う。マホロはノアに肩を貸し、近くの小川へ連れていった。

ノアは小川の前で怠《だる》そうに膝をつき、清涼な水で汚れた手や顔を洗った。

「ノア先輩、すみません。俺が気づくのが遅くて……、アカツキのこと止めようとしたんですけど」

汚れた髪を洗うノアに、マホロは改めて謝った。

「いや……むしろ、これでいい。赤毛の俺を、王国は排除するしかないだろう。いや、もう王家自体がどうなるか分からないな。陛下はアカツキの仕業として処理するんだろうが……婚約者ごっこもこれで終わりだ」

ノアはさっぱりした様子で濡れた髪を絞った。

「お前さえいれば、俺はいいんだ」

濡れた髪を掻き上げるノアに、マホロはじんわりと胸が熱くなった。ノアはただひたすらにマホロを愛してくれている。最初から、ずっと。それなのに——自分はずっとノアの気持ちに応《こた》えるのを躊躇《ちゅうちょ》していた。素直にノアの胸に飛び込むには、倫理観や罪悪感、もやもやした気持ちが邪魔をしていた。

「ノア先輩が危ないと知って……ものすごく後悔しました」

マホロはそっとノアの手を取った。

「どうして明日があるなんて、思っていたんでしょう？　何が起こるかなんて、分からないのに……。まるで永遠に同じ時間が来るかのように錯覚してました。ノア先輩、俺はやっぱりノア先輩がいないと駄目です」

目を潤ませてマホロが告白すると、ノアが唇を震わせて抱きしめてきた。ノアの力強い抱擁《ほうよう》に、マホロは安心して抱かれた。ノアの鼓動が聞こえる。ノアが生きていることが、とても嬉しかった。

「マホロ……」

ノアの熱っぽい声が耳をくすぐり、確かめるように唇が寄せられる。マホロはノアの唇に唇を押しつけた。すぐに食《は》むように口づけられ、髪やうなじを弄《まさぐ》られた。ノアとのキスは涙が出るほど心地よく、甘い電流が走った。たかが器官の一部をくっつけているだけなのに、官能的で、深い部分を刺激してくる。音を立てて唇を吸われ、隙間がないほど密着した。互いの吐息や鼓動、体温が幸せな気分を高めた。

「ノア先輩……、とりあえず……村まで行きましょう。歩けますか？」

ずっとキスを続けていたかったが、この場に居続けるわけにはいかない。食料も水もない。何も持たないまま、ここへ来た。ノアは嫌だというようにキスを続けていた。けれど、焦る必要はないと思ったのだろう。名残惜《なごりお》しげにマホロの身体を離した。

「分かった。……そういえば、お前に言っておくことがある」

ノアはちらりとマホロを見て、言いづらそうに眉根を寄せた。

「――レオンは死んだ。毒で倒れたが発見が遅くて、治療が間に合わなかった」

昏《くら》い表情でノアが呟き、マホロは目を伏せた。あの喧騒の最中、アリシア妃は邪魔なレオンに毒を盛ったと言った。団長が毒を盛られたように、水魔法では治癒できない呪いを込めた毒だ。近くにいたなら自分が助けたのにと、マホロは唇を噛んだ。

「そう……だったの、ですね」

うつむくマホロを、ノアは慰めるように肩に手を回す。

「あの式典の朝、その報告を受けた。王妃はかなり狼狽《ろうばい》したが、式典ではそれを押し殺して立派に務めを果たしていた。団長も毒にやられたと聞き、陛下は警備の数を増やしたんだが、結局、企みを防ぐことはできなかったな」

マホロが水晶宮で過ごしていた時、王宮ではさまざまな出来事が起きていた。もうあの優しくて頼りになるレオンがいないと思うと、悲しくてつらい。

「レオンのことは俺も残念だ」

ノアはマホロの髪を撫で、珍しく気落ちしたように言った。

「あいつは俺の中で珍しく友人と呼べる奴だったから」

疲れたように言うノアに、マホロはそっと寄り添った。今はノアが理解できる。ノアの冷酷さは、闇魔法の血のせいだ。それを冷たい、人間的じゃないと非難するのは間違っている。本能を変えることはできない。けれど、そんなノアにも心を許せる相手はいる。ニコルやレオンは、ノアの中で特別な人なのだ。それ以外の大多数にノアが何の感情を持てなくても、それはノアのせいではない。血族の本能がそうさせるのだ。何より誰でも殺す殺人鬼ではない。

マホロはずっとノアに変わってほしかった。ノアが自分に向ける愛情の十分の一でもいいから他人に優しく接してほしかった。だが、闇魔法の血を引く者はそれができない。相手を変えようとするのではなく、相手を受け入れ、それを許容すること。自分にとって必要なのは、それだった。マホロの善がノアの善とは限らない。悪も、そうだ——。

ノアは冷酷に見えるが、愛情もあるし、憐憫《れんびん》もある。それがレオンが死んで、ノアが気落ちしている証拠だ。

「ノア先輩……。一緒にレオン先輩のために祈りましょう」

マホロが小さく笑うと、ノアの手が頬にかかった。ノアは集落のほうを振り返り、再びマホロにキスをしてきた。

「ノア先輩……」

触れるだけのキスを交わし、マホロはノアの背中に手を回した。

「やっぱり、今、ここで抱きたい」

ノアの手がマホロの臀部《でんぶ》に移動し、耳朶《みみたぶ》をしゃぶりながら熱く囁《ささや》かれる。

「こ、ここで？」

まだ昼間で明るく、視界を遮るものは草しかない草原だ。森の人の住む村までは距離があるので見られる心配はないだろうが、野外で抱き合うことにはためらってしまう。

「駄目か？」

ノアはマホロの耳朶の穴に舌を差し込み、大きな手で下腹部を探る。ぐいぐいと押されて、よろめくように草むらに押し倒された。

「お前が欲しい。我慢できない」

太陽を遮って、ノアがマホロに切羽詰まったように言う。マホロは頬を上気させて目を逸らした。

「乱暴に……しないで下さい、ね……」

素直にいいとは言い難く、マホロは上擦った声を上げた。すぐに興奮したノアが覆いかぶさってきて、マホロのタイを引き抜く。

「マホロ……、マホロ……」

シャツのボタンを外され、首筋に吸いついてくる。甘い声で名前を呼ばれ、マホロは圧《の》し掛《か》かってくる重みを受け止めた。ノアは性急にマホロのシャツをはだけさせ、ズボンのベルトを抜いた。

「愛している……、俺にはお前だけなんだ」

何度も何度もキスをして、ノアが下腹部に手を差し込んでくる。舌を絡めるようなキスをされ、マホロは喘《あえ》ぐような息遣いで腕を伸ばした。

「……あっ、は、……っ」

ノアは下着の中に手を突っ込み、まだ縮こまっている性器を揉んだ。唾液を交換するようなキスをしながら性器を擦られて、マホロは目を潤ませて身悶《みもだ》えた。ノアに唇を吸われ、舌で歯を撫でられ、いやらしい音を響かせて性器を扱《しご》かれる。外で昼だというのにこんな喘ぎ声を上げていると思うだけで羞恥《しゅうち》で赤くなる。

「わ、ぁ……っ、あ、あ……っ」

ノアはキスに夢中になって、マホロが息苦しくなるのも構わず、口内を蹂躙《じゅうりん》する。ノアの手の中でマホロの性器はとっくに勃起していて、優しく先端を擦られると、腰がひくつく。

「はぁ……、マホロ、お前の匂いだ」

ノアはうっとりしてマホロの首に顔を埋《うず》めた。唇を解放されてマホロが息を乱すと、ノアは慣れたしぐさでマホロのズボンを引きずり下ろした。まだ暑い季節なので剝き出しにされても寒くはないが、草の感触に戸惑いはあった。

「恥ずかしい……、です」

マホロが足を丸めると、ノアはいっそう興奮して太ももにかかっていた下着をずり下ろす。いきなり屈《かが》み込《こ》んで、マホロの両脚を広げると、勃起《ぼっき》した性器を口に含む。

「ノア先輩……っ、き、汚い、ですからっ」

マホロがじたばたすると、ノアは太ももを抱え込んで、口を上下させる。生暖かい口に大事な場所を含まれ、マホロは背筋を仰《の》け反《ぞ》らせた。ノアはマホロが押しのけようとするのも構わず、口からずるりと性器を引き出す。

「気にするな」

ノアはマホロの性器の根元を支え、舌先で先端の穴をほじくった。強い刺激にマホロの性器からは蜜があふれた。マホロがびくびくするのを上目遣いで見ながら、ノアは尻のすぼみに指を伸ばす。

「あっ、あっ、あ……っ、ひぃ、やぁ」

尻の中に指が入ってきて、マホロは草むらに背中を押しつけて、腰を蠢《うごめ》かした。性器を舐《な》められながら内部の感じる場所をぐーっと押されると、快楽の波が高まって、喘ぎ声が漏れる。

「ここが気持ちいいんだろ……？　イっていいぞ……？」

マホロの性器から口を離し、ノアは両脚を抱え上げ、尻の奥に入れた指を激しく動かす。知らぬ間に増えていた二本の指で、内部をごりごりと擦られた。指先で強く刺激され、腰がひくつく。

「あ……っ、や、駄目、そこ……っ」

太ももに吸いつきながら内部に入れた指を動かされ、マホロは甲高い声を上げた。外なので自分のあられもない声が変に聞こえる。頭上に空を見上げながら身悶える自分が恥ずかしくて、カーッとなった。

「尻のほうが感度がいいな……？　ここを弄《いじ》られるほうが、いい、のか？」

濡れた声で煽《あお》られ、息が荒々しくなり、ノアの指の動きでびくびくと腰が跳ねる。自分が性器を口淫されるより、尻の奥を愛撫されるほうが感じることを指摘され、無性に恥ずかしくなった。

「ここでイけるだろ……？　ほら、イけ」

執拗《しつよう》に奥を指で突かれ、マホロは性器の先端から白濁した液体を吐き出した。精液がはだけたシャツや腹に飛び散り、マホロは激しい息遣いで目を潤ませた。

「や……っ、はぁ……っ、はぁ……っ」

びくっ、びくっと身体を震わせ、マホロは肩を揺らした。呼吸が忙《せわ》しなくなり、絶頂直後の身体が敏感になる。ノアはマホロが射精したにも拘《かかわ》らず、尻の中に入れた指を抜かなかった。そのまま内壁を広げるように動かされ、また嬌声《きょうせい》がこぼれる。

「ノア先輩……もう……入れて」

ノアの指先で内部が柔らかくなっていくのが分かり、マホロは潤んだ目でねだった。ノアの息遣いが荒くなり、指が引き抜かれる。

「まだ少し狭いが……ゆっくり入れる」

ノアは自らの下肢をくつろげ、勃起している性器をマホロの尻の穴に押し当てた。マホロが自分の足を抱え込むと、ノアは言葉通り、ゆっくり慎重に性器を押し込んできた。

硬くて熱いものが、徐々に身体に押し入ってくる。ノアを受け入れるにはまだ潤いが足りなくて、わずかに痛みを感じた。けれどノアと繋がっているという多幸感で、痛みは気にならなかった。

「はぁ……っ、はぁ……っ、キツい……」

中ほどまで性器を埋め込み、覆いかぶさってきたノアが息を切らして呻《うめ》く。内部がノアの性器を締めつけているのが分かる。身体は異物を押しのけるような動きをしていて、それを強引に押し込んでくるノアの熱にぞくぞくした。

「ノア先輩……キスして」

マホロはねだるように手を伸ばした。ノアが繋がった状態でマホロの唇を食んできた。深く唇を重ね、舌を絡め、吐息を交わらせる。舌先がぶつかると腰に甘い電流が走り、ノアに対する愛しさが増した。マホロはノアの舌を吸い、ノアの背中に回した手に力を込めた。

「ああ……、気持ち、いいな」

ノアがキスの合間にマホロの髪を撫で、うっとりするような色気のある笑みを浮かべる。マホロは胸が高まり、まつ毛を震わせた。ふいにぐっと奥まで性器が入ってきて、思わず「ひゃあ……っ」と声を上げて背中を反らす。

「お前を近くに感じる……、この前抱き合った時は……どこか遠くに感じていた」

ノアが耳元で囁き、奥に入れたままぎゅっとマホロを抱きしめた。ノアの身体はすっかり熱くなっていて、唇も冷たくなかった。

「ノア先輩、愛しています」

マホロは愛しくなって思いを告げた。ノアの目が大きく見開かれ、貪るように唇を吸われる。馴染《なじ》むまでしばらく待っていたノアだったが、感情が抑え切れなくなったように腰を揺さぶり始めた。硬くて心地よい感覚を与えてくれる異物が、マホロの身体を突き上げる。

「ひ……っ、は……っ、はぁ……っ、はぁ……っ」

ノアはマホロの鎖骨や首筋を痕が残るほど吸いながら、腰を乱暴に動かしてくる。奥を激しく突かれ、甲高い声が抑えられない。

「ノアせん……、ぱぃい……っ、やぁ……っ、あ……っ、乱暴に、しない、で……って」

容赦なく腰を振られ、マホロは息も絶え絶えになった。ノアは滾《たぎ》る欲望を我慢できず、息を荒らげてマホロの身体を揺さぶる。

「悪い……っ、我慢、できない……っ」

ノアは獣じみた息遣いで、マホロの奥へ奥へと性器を押し込んでくる。深い場所を張った部分で突き上げられ、マホロは仰け反った。

「あ……っ、あっ、あっ、ひ、あ……っ!!」

逃げようとするマホロの腰を押さえつけられ、ノアが思いの丈をぶつけるように何度も腰を突き上げてきた。やがてその動きがピークを迎え、ノアが呻き声と共に体内に精液を吐き出してくる。

「あ……っ、は……っ、はぁ……っ、マホロ……」

ノアは荒々しい呼吸をくり返し、マホロの中に液体を注ぎ込んだ。そのままぐったりとしたよ

うにマホロに覆いかぶさり、激しくキスをしてくる。

「愛している……マホロ、俺から離れるな……」

必死に酸素を求めるマホロの唇をふさぎ、ノアがきつく抱きしめてくる。それに応えることはできないまま、マホロは身体をひくつかせた。


日が暮れかかった頃、マホロはノアと共に森の人の住む村へ向かった。一時間ほどで門のように立つ大きな枝葉をつけた大木に辿り着いた。村への入り口だ。村の入り口にはかがり火が焚《た》かれ、火の番をしていた村人がマホロに気づいて中へ入れてくれた。アラガキがすぐにやってきて、ノアの焦げた服を見て何事かあったのだと察した。

「何か食べ物を持ってきましょう」

アラガキはマホロが昨日も泊まった空き家に通すと、飲み物や食べ物を運んでくれた。マホロたちは軽い食事をとり、かめに入った水で汚れた身体を綺麗にした。ふたり分の白い貫頭衣を借りて、着替えをした。ノアの礼服はぼろぼろだったが、きちんと畳んで隅に置いておいた。マホロの制服もひどく汚れている。

「疲れた……」

ノアは敷布の上に横たわると、ほどなくして寝息を立て始めた。異能力が暴走したことで、かなり疲弊《ひへい》したのだろう。マホロは眠るノアをじっと見つめた。

ノアの整った顔を覗き込み、そっと額に口づける。滑らかな肌は陶器のようだ。

マホロは重い身体を厭《いと》いながら、家から出た。すっかり夜が更け、夜空に下弦の月が浮かんでいた。星は何事もなかったようにまたたいている。

村は静まり返っていて、マホロは大きな音を立てないようにして村を出た。環状列石のある祭《さい》祀場《しじょう》へ行くと、手のマークに触れ、水晶宮へ下りる。

水晶宮の空気が変化していた。

いつも澄んでいた空気が淀み、落ち着かない。マホロは鳥肌を立て、水晶宮の透明に輝く廊下を歩いた。しばらくすると等間隔に並ぶ柱の影から、子どもたちが出てくる。

「マホロー、大変だよ！　司祭が死んだ！」

「司祭がいない！　この世界のどこにも！」

「このままじゃ僕たちは皆、汚れていく！」

子どもたちは見たことのないような鬼気迫る様子でマホロにすがりついてくる。アカツキの死を知る術《すべ》はないはずなのに、光魔法の子どもたちは皆、司祭が死んだことを理解している。この空気の淀みは、司祭が死んだせいだと悟った。

司祭になった者がまず務めるのは、水晶宮を精神と肉体で支えることだ。司祭は水晶宮と意識を繋げる。だから司祭が生きていれば水晶宮は清浄な空気を保つが、死んでしまったらその瞬間から穢《けが》れが溜まり始める。

「どうしよう？　誰も司祭になれないのに」

少女が泣きだし、つぶらな瞳がいっせいにマホロに集中した。司祭をやるには特別な力が必要で、ここにいる子どもの中に当てはまる子は誰もいない。司祭はギフトを与える役目を持っているから、ある程度の強い精神力が必要だ。ここにいる子は皆、弱い。司祭を務められるほど強靭《きょうじん》な精神力を持つ子はいない。あと一年もすればヒノエがその力を持てるかもしれないが、今は――。

この空気の淀みを止めることができるのは、マホロしかいない。マホロが司祭にならない限り、水晶宮はどんどん穢れていく。その先に待つのは、水晶宮にいる子どもたちの死だ。

「俺が……、司祭になるよ」

マホロは泣きじゃくる子どもたちを抱きしめ、絞り出すように言った。絶対にやりたくなかった司祭だが、やるしかなかった。ここにいる子どもたちを見殺しにすることなどできなかった。

だが、司祭になるということは、俗世との関係を絶つことでもある。基本的に水晶宮にいなければならないし、そうなればローエン士官学校を卒業することもできなくなる。

（ノア先輩と、この先どうなる？）

司祭になったらノアと会えなくなるかもしれない。ノアはきっとマホロが司祭になるのを反対するだろう。仮に認めてもらえても、光の精霊王が近くにいるだけでつらそうにしていたノアが、ここで暮らせるとは思えない。それに、もしまたノアにギフトを与える羽目になったら？　ノアの苦しむ姿を見たくない。

（ノア先輩……、ノア先輩と離れるのは身を切られるようにつらい）

やっとまた心が通じ合えたのに、離れたくない。けれど――。

失うものは多いが、子どもたちを見捨てられなかった。

「ほんとー？」

「マホロ、よかった」

「早く！　早く司祭になって！」

マホロの心の機微など分かろうはずもない子どもたちは、一転して明るくマホロにすがりついてきた。

マホロは子どもたちに引っ張られて奥に向かった。司祭になる前にノアと話したいと思ったが、子どもたちは一刻も無駄にできないとばかりにマホロの手を引く。

「待って――」

マホロが止めようとした時だ。水晶宮の何もない回廊の先に、突然金色の扉が出現した。マホロは驚きつつもその扉に触れた。扉が大きく左右に開き、マホロひとりが中へ吸い込まれた。

「光の精霊王……」

金色に輝く眩《まぶ》しい空間に、光の精霊王がいた。冠を掲げ、美しく波打つ金色の髪をなびかせ、白い滑らかなドレープの衣装を着ている。光の精霊王は慈しむようにマホロを見つめていた。

その黄水晶の如き何もかもを見通す瞳を覗き込んだら、マホロは自然と涙があふれた。喜び、悲しみ、怒り、愛、憎しみ、喪失感や無力感といったさまざまな感情が胸の中でないまぜになったのだ。

『マホロ、ここで選びなさい』

光の精霊王が静かに告げた。

走馬灯のように、これまでの人生が脳裏を駆け抜けていった。光の精霊王はマホロが生きてきた軌跡を映像のように頭に映し出していた。一緒にいた光魔法の子たちの死で、死はとてつもなく恐ろしいものと自分の中に刻まれていたが、自分の生き方は生を謳歌《おうか》するものではなかった。ただ死にたくなくて逃げていただけだ。ローエン士官学校に入って、ノアに出会い、愛される喜びを知ったはずなのに、それからも逃げようとした。

追い詰められて司祭の道を選ぼうとしている今でさえ、逃げている。

「光の精霊王……俺は、怖いんです」

マホロは黄水晶の瞳を見つめながら、胸を震わせて言った。

「何かを選ぶことは、とても怖い……。それが正しいかどうか分からない。誰かが導いてくれた道へ進むほうがよほど楽じゃないですか……。俺が選ぶ道が間違っていたら……どう責任をとればいいんですか？」

見栄やごまかしを口にすることは、この場では許されなかった。マホロの情けない告白を、光の精霊王は黙って聞いている。

「光の精霊王はどうして俺みたいな者に、門を開けるという大役を任せるんですか？　俺なんかよりアカツキやオボロのほうが適任だったのに……」

嘆くようにマホロが言うと、光の精霊王が錫杖《しゃくじょう》を振った。とたんに周囲の景色が一変し、真っ暗な世界に閉じ込められる。焦ってきょろきょろすると、突然目の前に画面が現れ、あるはずだった未来、マホロが違う道を選んでいたら起こった事象が次々と映し出される。それらの中には胸をえぐるような光景も、嬉しい涙がこぼれるような光景もあった。すべては起こらなかった出来事だ。

起こらなかった出来事を見せつけられて、ようやく分かった。

自分がぎりぎりの場所に立っているということが。この先には途切れそうな未来しかなく、どの道を選ぼうが救われる可能性は低いということ。その場その場で自分では正しい道を選んで歩んできたつもりでも、間違っている道のほうが多かった。うまくいかなかったのは、他人に流されて生きてきたせいかもしれない。強い意志で未来を切り開くという信念が欠けていた。自分より他人を優先して、本当に望む道を選んでこなかった。

『そなたが清廉潔白であり、心根が綺麗だから選んだ——と言うつもりはない』

脳に光の精霊王の言葉が注ぎ込まれてくる。耳ではなく、心で聞いているようだ。

『門を開けるには大きな魔力を必要とする。竜の心臓を受け入れたそなたしかできない。それから大事なこと——そなたは中庸《ちゅうよう》であった。それこそが門を開けるにふさわしい資質。そなたの天秤《てんびん》は揺れることはあっても、どちらか一方に傾くことはなかった』

光の精霊王の手に天秤が現れた。ひとりひとりの心の中に、それはあるという。マギステルやオボロ、アカツキは結局どちらかに天秤を振り切ってしまったと光の精霊王は言う。

この場に来て、雷鳴のようにマホロは自分の役目を悟った。

司祭になって、数年はその責務を果たしたとして——、マホロはきっと絶望して変貌していく。短命だった自分が長い命をもらって変貌しなかったのは、ふつうの人たちの中でふつうの人として生きてきたからだ。

だが、水晶宮で自分ひとりだけ長生きして、そこにいる子どもたちが次々と死んでいったら、確実に心は病むだろう。それが光魔法の血族の寿命だと分かっていても、子どもたちが死んでいく状況に耐えられるはずがない。追いつめられて初めてアカツキが子どもたちに竜の心臓を移植させようとした気持ちが分かった。マギステルが賢者の石と偽って、隔離した自分たちに竜の心臓を移植させようとした理由が分かった。

たとえ死ぬ可能性が高くても、何かせずにはいられなかった。そうすることで、自分を慰めた。マギステルを頭がおかしくなったと思っていたけれど、彼もかつては同じ立場の子どもだった。

誰も悪くなかった。皆、自分なりに運命を変えようと努力しただけだ。

光魔法の子どもたちを置いてどこかへ逃げることはできる。けれどどこへ逃げようと、マホロは彼らのことを思い出し、後ろめたさに苦しむだろう。見殺しにした罪悪感で、結局は心を病む。

「光の精霊王……俺は、門を開けます」

マホロはいつの間にか流れていた涙を拭い、かすれた声で告げた。

今、自分は選ばなければならないと思った。誰のためでもなく、自分のために。

ジークフリートは死を恐れるなと言った。

扉を開けることで死ぬとしても、それは死ではなく、元いた場所へ戻るだけのことだ。生も死も、同じことだった。死を異様に恐れたのは、肉体を持っているからだ。光の精霊王の傍にいるとそれがよく分かる。そう思ったとたん、真っ暗だった世界に明かりが差し込んできた。いつの間にか景色が変わり、光の粒が絨毯《じゅうたん》のように広がる空間にいた。その中で、光の精霊王は神々しく輝いている。

『決意したのか』

光の精霊王は優しくマホロを抱きしめた。光の精霊王の深い愛情が身体中に沁《し》み込《こ》んできて、マホロは親にすがりつく子どものように抱き着いた。

「間違いを正します」

マホロは淡々と述べた。この間違った世界を作り替え、光魔法や闇魔法の悲しい宿命の血族を別の世界へ移動させねばならない。

『そうか』

光の精霊王はマホロを褒《ほ》めるわけでもなく、誹《そし》るわけでもなく、ただ選択を受け入れた。光の精霊王はマホロの手を取り、歩きだそうとした。

「光の精霊王、待って下さい。俺はノア先輩に――」

マホロは扉を開ける前に、ノアに会っておきたかった。このまま永遠に別れるなんてつらすぎる。ノアには何も言わずに来てしまったのだ。せめて顔が見たかった。

光の精霊王の足が、ふと止まる。

「マホロ！」

どこからかノアの切羽詰まった声が響き、マホロはびっくりして振り返った。開いている扉の向こうに青ざめたノアの姿が見えた。熟睡していたのに、マホロを捜して水晶宮へやってきたのだ。

「どこへ行く⁉」

ノアは眩しくて目が開けられないといった態《てい》で目元を腕で覆い、こちらを向く。ノアは光の精霊王を直視できないのだ。光そのものである光の精霊王は、闇魔法の血族のノアにとって毒にもなりうる。

「何をしようとしているんだ⁉」

ノアは分からないなりにも、マホロが何かをしようとしているのを本能的に悟っている。苦しそうに一歩一歩進み、とうとう光の部屋に入ってきた。

「ノア先輩……」

マホロは苦しそうに膝をついたノアに、絶句した。光の精霊王は口元で何か呟き、ふうっと吐息をノアに吹きかけた。ノアは痛みを感じたように耳を押さえたが、光の精霊王が『マホロはこの世界を作り替える』と告げると、驚愕《きょうがく》で目を見開いた。

「世界を作り替えるって何だ⁉　何をするつもりだ！」

ノアに光の精霊王の声は聞こえないはずだったが、光の精霊王の言葉を聞き取っている。

『闇の血を引く子よ。この世界には闇魔法も光魔法も存在してはならない。マホロはそれを正す役目を負っている。世界を作り替え、この世の均衡を取り戻す』

光の精霊王は粛然《しゅくぜん》と告げた。

「何をさせようって言うんだ!? それは危険なことじゃないのか!」

ノアが抗うように怒鳴り返す。

『大義の前に、危険は仕方なきもの。我は扉を開ける者を何百年もの間、待ち続けていた』

光の精霊王は穏やかに述べ、もう一度ノアにふうっと吐息をかけた。するとノアはひどく顔を歪めて、ずるずると床に崩れていった。床に倒れ込んだノアは、深い眠りに落ちたようだ。

「ノア先輩……」

マホロは光の精霊王から離れ、横たわるノアの頭を抱き上げた。

「光の精霊王、ノア先輩はどうなりますか……? 世界が作り替えられた時、ノア先輩は闇魔法の血族として闇の世界へ行くのでしょうか?」

ここまで追ってきてくれたノアに愛しさが込み上げ、マホロは目を潤ませた。

『その者は闇の血を引いているが、闇のものとはならなかった』

微笑みを浮かべ、光の精霊王が言う。マホロは光の精霊王を仰いだ。

『アカツキの放った魔法で髪色は変わってはいるが、ぎりぎりのところで闇に堕《お》ちなかったのだろう。強い精神力を持っている。世界が作り替えられた時、その者は火魔法の血族として生きるだろう』

ノアは、闇には堕ちなかったのだ。本当なら、闇に堕ちるほうが楽だったのに、踏みとどまってくれた。それはマホロへの愛ゆえかもしれないが、家族やレオンという友人のためでもあったはずだ。そのことを知れただけで涙が出るほど嬉しいし、愛しかった。ノアを愛したのは間違っていなかった。これだけははっきり言える。

「ノア先輩……愛してます」

マホロはノアを名残惜しむように抱きしめ、形の良い唇に唇を重ねた。できれば美しく輝く宝石のような青い瞳を見たかったが、我慢するしかない。ノアは美しく、自由で、気高かった。そんなすごい人に愛されただけで自信が漲《みなぎ》ってくる。

「俺を見つけてくれて、ありがとう」

マホロはノアの赤毛にキスした。ノアはたくさんの愛情をくれて、たくさんの感情を教えてくれた。ジークフリートに会い、マホロは心を取り戻したけれど、ノアに会って自分というものを見つけた。自分を見つけるのは容易ではなかった。新しい世界を見せてくれたのは、間違いなくノアだ。ノアには感謝しかない。

マホロはそっとノアを床に横たえた。

『光の子、マホロ』

光の精霊王は凛《りん》として告げ、錫杖を振った。とたんに周囲が一変した。真っ暗な空間に、無数の星が流れている。ノアの姿は消え、右も左も上も下も分からず、マホロは隣に立つ光の精霊王にしがみついた。この亜空間で光の精霊王だけが指針となった。

『今から門を開けてもらう。門を開けるには大きな魔力を消費する。門を開けた時、お前はその存在を断たれるだろう』

光の精霊王は一転して厳しい口調になる。

「はい、覚悟しています」

マホロは深く頷いた。自分の身体が浮かんでいるのか沈んでいるのかさえ分からない。

『世界を作り替えた時――そなたは新しい生を享《う》ける』

思いがけない言葉が降ってきて、マホロは光の精霊王を見上げた。

『そなたはどの世界で生きるのを望む？　光の子として、天空へ行くか？　それとも、ふつうの人間になり、地の世界で生きるか？』

突然の選択にマホロは息を詰めた。自分の命が消える覚悟はあったが、まさか新しい生を与えられるとは思ってもみなかった。しかも、選択肢はふたつある。

『……闇の子ジークフリートは、天空で生を得るだろう。あの者は闇の世界でしか生きられぬ。お前には大事な者がふたりいる。どちらでも好きなほうを選べ。ただし、ジークフリートもノアも、お前と過ごした日々の記憶はない。世界を作り替える時、彼らの姿形は同じままだが、記憶や経験はすべて更新される。記憶のない彼らとお前がどうなるかは我にも分からない』

マホロは鼓動が跳ね上がって、自分の胸を押さえた。

「ジーク様は……生まれ変わるのですか？　それとも……？」

姿形は同じと言われ、マホロは困惑した。

『そなたがすることは、三百年前に地に堕ちたクリムゾン島の歴史を上書きすること。次元の門が開けば、これまでのすべての事象は書き換えられる。闇の子ジークフリートは天空で生を享けるため、地上で処刑される出来事は消滅する。同族に囲まれて生きるジークフリートは、光の子であるそなたに興味を持つことはない。同じようにノアは火魔法の血族として地に生まれるが、闇魔法の血を引かないため、そなたに対して興味を持たないだろう。今あるこの世界はすべて消滅する。新しい世界は、似て非なるものだ』

新世界は同じようでいて、まったく違う世界だと知った。ジークフリートやノアとの接点が消えることは寂しいが、ジークフリートの命が天空で続くと知り、ひどく嬉しかった。生まれた世界が違えば、ジークフリートを認めてくれる世界で生まれれば、きっと充足した人生を送れるはずだ。

「光の精霊王……、俺の気持ちは決まっています」

マホロは微笑みを浮かべ、自分が生まれたい世界を願った。

『その願い、聞き入れた』

光の精霊王はすっと手を上に翳《かざ》した。するとその手に黒光りする剣が握られていた。光の精霊王は剣先を下に向けて突き刺した。とたんに剣から光が伸び、目の前に大きな門が出現した。魂が吸い込まれそうな異様な気配を放つ門だった。どこまでも高く、そして横に広がっていた。門には真っ黒な扉がついていて、それは重く、マホロひとりでは開けられそうにもなかった。

『そなたには、何に視《み》える？』

光の精霊王が扉を見上げるマホロに聞く。

「とてつもなく高くそびえ立つ黒い大きな門に視えます」

マホロが視たままを答えると、光の精霊王はふっと笑った。

『そうか、そなたには黒い門に視えるのか』

光の精霊王はマホロの肩に手を置いた。その言い方だと、人によって見え方が違うのかもしれない。光の精霊王に触れられた肩は熱くなり、力が湧いてきた。マホロは、強い決意を持って門の扉に両手をかけた。

光の精霊王はどこからか一冊の書物を手に取った。ページがぱらぱらとめくられ、見たことのない文字が書物から浮かび上がり、門扉に吸い込まれていく。

『創世の書をここに捧《ささ》げる。今こそ、世界の混沌《こんとん》を正す。光の精霊王である我と、人である光の子マホロが証人となる』

光の精霊王が歌うように門扉に向かって告げた。

びくともしない重い扉に、マホロは全力の魔力を流し込んだ。マホロの魔力が扉に吸われ、真っ黒だった扉に白い円が浮かび上がる。それは最初、ほんの数滴程度のものだった。けれどマホロが魔力を注ぎ込むにつれ、白い円は広がり、黒い扉はマホロの手から放射状に白く変化した。この門扉が白くなった時、壁のように動かなかった扉が開く気がした。

『もっと、力を。マホロ、死を恐れるな』

奇《く》しくも光の精霊王はジークフリートと同じ言葉を囁いた。

『死は終わりではない。死は新しい命の始まり――命とは、永遠に続く螺旋《らせん》の如きもの』

マホロは光の精霊王の言葉に力を得て、新しい世界への希望を門扉に注ぎ込んだ。始まりの世界、あるべきものがあるべき場所へ収まり、異端を生み出さない世界——。

黒かった門扉がみるみるうちに白い輝きを放ち始めた。門扉が白くなるほどに重さは軽減され、マホロの押す力に乗じて、ほんのわずかだが扉が開いた。

新しい清涼な空気が扉の隙間から流れてきた。

マホロは、持てるすべての魔力を使って、扉を開けた——。

7 新世界

――すべての事象は、書き換えられた。

季節が変わり、緑から赤へと変化した葉が、マホロ・ボールドウィンの膝に落ちてきた。木にもたれて座っていたマホロは、落ち葉を手にとった。上部を虫に食われた赤い葉は、秋が深まったことを告げていた。

マホロは読んでいた分厚い書物を閉じ、腰を上げた。尻についた汚れを払っていると、渡り廊下から親友のザックが手を振ってくる。

「マホロ、もう休み時間終わっちゃうよー」

ザックがぴょんぴょん飛び上がりながら、腕時計を指し示す。お昼休みに時間が余ったので、中庭の大木の根元に座って魔法書を読んでいた。ザックの言う通り、急がないと午後の授業に間に合わない。

「今行く」

マホロは制服のタイを締め直し、中庭から渡り廊下へ走った。

マホロは、ローエン士官学校の三年生だ。人より魔力量が多く、魔法の授業では上位の成績に位置する。所属する魔法クラブではクラブ長を務めているし、入学した頃から同室のザック・コーガンとは親友といっていい仲で、学生生活を満喫している。

(不思議だ……)

マホロはふいに巻き起こった風で髪が乱れ、目をつぶった。金色の髪は強い突風に煽《あお》られ、ぼさぼさになった。

(すべてが、新しい記憶に塗り替えられている……。もう、本当の記憶がどちらだったかなんて、分からなくなるほどに……)

あれは現実に起きた出来事なのだろうか。

マホロには時折思い出す日々がある。自分以外、この世界に存在するすべての人が知らない日々を——。

あらゆる事象が、書き換えられた世界。

マホロが光の精霊王に導かれ、門を開いた瞬間を今でも思い出すことがあるのに、時間が経てば経つほどまるで夢のように現実感が失われていく。いずれすべて忘れてしまうのかもしれない。

いや、本当ならマホロも過去の記憶を失っているはずだった。

(覚えておきたいけれど……、どんどん記憶は薄らいでいく……)

マホロは乱れた髪を手で直し、ザックの背中を追った。

事象が書き換えられた世界だとはっきり認識したのは、錬金術の授業の時だ。マホロは何故自分が釜《かま》に魔力を込めているのか理解できず、呆然とした。一瞬これは夢ではないかと思ったが、頬をつねれば痛みはあるし、感覚もしっかりしている。ザックにどうしたの？と聞かれ、これは現実だと思った。昨夜ザックと上下二段のベッドで将来の夢を語り合った記憶がある。

以前の記憶もあるのに、この世界での新たな記憶も存在していた。

マホロは男爵家の末っ子として生まれた。穏やかで堅実な両親の下、三人兄弟の中でひとりだけ魔法回路を持って生まれたので、ローエン士官学校に入学した。マホロの家は土魔法のボールドウィンに連なる家だ。孤児だったはずのマホロにはきちんと両親がいて、ローエン士官学校への進学を喜んでくれた。

ローエン士官学校は本土から西百十キロ離れたクリムゾン島に位置し、周囲を海で囲まれた孤島だ。ローエン士官学校は魔法専門の士官学校で、十八歳になると試験を通った男子だけが入学できる。

マホロの記憶にあった立ち入り禁止区は、存在していなかった。けれどクリムゾン島の奥地には森の人と呼ばれる原住民が暮らしていて、独自の文化を守って生活している。

光魔法の血族も、闇魔法の血族も、この世界には存在していなかった。

闇魔法の血族が起こした国の転覆を狙った事件も、事件そのものが存在しなかった。代わりに貴族主義に反対する集団のクーデターが記録されていた。旧世界で忌み嫌われていた赤毛は、情熱的と好む者もいるほどだ。

ジークフリートは、この世界にいなかった。サミュエルとマーガレット夫妻は存在するが、子どもはおらず、傍系から養子を迎えたと聞く。一度気になって調べてみたが、養子はジークフリートとはまったく別人のおっとりした男性だった。

闇魔法が消え、マホロからも光魔法の血族を示す痕跡は消えていた。真っ白だった髪や体毛は金色に変化していた。無論、光魔法も使えない。そもそも光魔法自体がこの世界にはなかった。

魔法石も消えていた。

ローエン士官学校に通う学生は、それぞれの血族が持つ魔法だけを使い、魔法石で補っていた他の血族の魔法はいっさい使えなくなっていた。

魔法の授業は様変わりし、それぞれの血族の指導者が魔法を教えている。学校をまとめているのがダイアナ・ジャーマン・リード校長というのはかつての世界と同じで、四賢者のひとりである校長は二種類の血族の魔法を使えるレアな存在として有名だった。

学校にいる面子《メンツ》は、ジークフリートがいなくなった以外はほとんど同じだった。

医務室のカウンセラーをしていたマリー・エルガーは学生といかがわしい行為をしていたのが発覚してクビになった。

ふたつ歳《とし》が上のオスカー・ラザフォードは今、魔法団にいて新米魔法士として働き始めている。レオン・エインズワースは近衛騎士になり、王宮で働いているそうだ。

現在、デュランド王国を治めているのは、高齢のヴィクトリア女王だ。

旧世界ではヴィクトリア女王は闇魔法の血族が起こしたクーデターで王族を殺され、王位継承順位が低かったにも拘《かかわ》らず女王になった。新世界の歴史では、王族を次々と襲った流行《はや》り病《やまい》のせいでヴィクトリアは女王に即位した。事象が書き換えられて、死んだはずのヴィクトリアは、女王として生きている。ギフトがなくなったので、オスカーが道を誤ることはなく、レオンが女王を殺す道も消えた。

そして、ノアは——。

ノア・セント・ジョーンズは、今オスカーと同じく魔法団で魔法士をしている。火魔法の直系の子息というのもあって、ノアは強い戦闘力を備え、人を魅了する美貌を持ち、ローエン士官学校でも有名な学生だった。優しい母親と鬼軍曹と呼ばれる公爵、魔法団で活躍する兄がいる。

マホロはノアとしゃべったことが一度もない。

この世界では、マホロの身体に竜の心臓は埋められておらず、入学式でノアがマホロを気にかけることもなかった。廊下ですれ違うことや、図書館で同じ空間にいることはあっても、ノアがマホロに目を留めることはなかった。関わりを持てるかもと考え、魔法クラブに入ってみたが、ノアはクラブ活動には熱心ではなく、たまにいてもマホロに興味を示さなかった。

ノアが自分に惹《ひ》かれたのは光魔法の血族であるが故だったのだと思えば、とても寂しいことではあるけれど仕方ないことでもあった。逆に考えれば、自分に気づかないノアにはもうひとかけらも闇魔法の血が流れていないのだ。これほど嬉しいことはない。相変わらず毒舌で孤高の存在ではあったけれど、ノアは旧世界よりも人間らしい側面を持っているようだった。何よりもオスカーやレオンと一緒にいるのをよく見かけ、ここでは友情を構築できたのだと思うと明るい気持ちになった。

マホロが三年生になったので、ノアは卒業してしまったが、同じ世界で無事に暮らしているというだけで十分だった。

この世界では、マホロは落ちこぼれではなく、魔法や薬学に関しては一目置かれている。体術や剣術に関しては以前と同じく低レベルだが、薬草学では首席のキース・エインズワースが質問に来るほどだった。

新しい世界に、マホロは馴染《なじ》みつつあった。

あの閉塞感と絶望しかなかった世界より、希望に満ちた、輝かしい世界。

それだけで、自分が成したことには意味があるのだとマホロは信じている。

その日、三年生は、校長の指導の下でそれぞれ使い魔を呼び出すという、学生にとって一大イベントが行われていた。

「マホロの使い魔はどんな犬なんだろうね？　やっぱり魔力すごいし、大型犬かな？」

マホロの順番が回ってきて、ザックが目をキラキラさせて言った。使い魔はあらゆる動物を使役できるのだが、ローエン士官学校では必ず犬の使い魔を呼ぶ決まりになっていた。校長曰《いわ》く、犬は忠実で生涯主と共にいてくれるので使い魔にもっとも適しているのだそうだ。

マホロは杖を振って、使い魔を呼ぶ呪文を唱えた。

すると床に描かれた魔法陣に、七色の光と共に白いチワワが現れた。

『キャンキャン！』

白いチワワはマホロを見るなり激しく尻尾《しっぽ》を振って、血の契約もしていないのに胸に飛び込んできた。マホロがどんな使い魔を呼ぶか興味津々で見守っていたクラスの皆が、白いチワワを見てどっと笑う。

「えーっ、マホロの使い魔チワワなの？　可愛いけど！」

ザックはマホロの顔をべろべろ舐《な》めている白いチワワに腹を抱えて笑っている。

「おいおい、そいつ役に立つのか？」

「ちっこすぎだろ！」

ジャックとビリーも小さな使い魔をからかっている。それが聞こえたのか、アルビオンはジャックとビリーに向かってうーうー唸《うな》る。

「この子がいいんだ、俺は」

マホロは目を潤ませて白いチワワを胸に抱えた。

「アルビオン、久しぶりだね……会いたかったよ」

マホロが白いチワワに囁《ささや》くと、アルビオンが勢いよくワンと吼《ほ》えた。使い魔を呼び出すのは今日の授業まで待たなくてはならなかった。今日、ずっと会いたかったアルビオンにようやく会えた。変わらず自分の元に来てくれた。

「そういや知ってるか？　あの美麗なノア先輩の使い魔は凶悪なピットブルだって、真偽は分からないけど。いくら何でもないよなぁ？」

ジャックが思い出したように言う。

「はー？　ノア先輩ならもっとかっこいいサルーキとかアフガン・ハウンドとかだろ」

ビリーが嘘をつくなとジャックの頭を叩く。ノアの使い魔のピットブルのブルを思い出し、マホロはひそかに笑った。

ザックはマルチーズを、ジャックとビリーはシベリアンハスキーとダルメシアンを使い魔に呼び出した。自分の使い魔を持つのは、大きな自信、喜びになる。

冬季休暇を終え、春が来ると、三年生の授業は実技が増え、最終学年の来年は実習生としてそれぞれ進みたい道で実務に参加する。マホロは悩んだ末に魔法団と宮廷魔法士のふたつに実習希望を出した。結果として魔法団からは体力のなさを理由に断られ、宮廷魔法士として王宮勤めをすることになった。

ノアと交わる運命は訪れなかった。

それがこの世界の流れなんだと、マホロは寂しくなりながらも受け入れた。

四年生になったマホロは、王宮で宮廷魔法士として実習を始めた。現在の宮廷魔法士は、火魔法、水魔法、風魔法、土魔法、雷魔法を受け継ぐ五名家から五名ずつが王宮勤めをする決まりになっている。今回マホロが選ばれたのは土魔法の宮廷魔法士のひとりが引退するため、後継者として抜擢《ばってき》されたのだ。引退する魔法士はヴィクトリア女王と同世代のベテランで、マホロの魔力量の多さを知る縁戚の者だ。宮廷魔法士を希望する者は多いので、異例の抜擢だった。

宮廷魔法士を総括しているのは、四賢者のひとりであるシリル・エインズワースだった。初登城の挨拶《あいさつ》に行った際、シリルは年相応の姿をしていた。

「君が新人か。いろいろ教え込むので、学ぶように」

ギフトのない世界で、シリルは道を外れることなく、やや人嫌いの傾向はあるものの至ってふつうの魔法士だった。他の宮廷魔法士とも交流はあるし、嫌われている様子もない。かつての世界では人の弱みを握って嫌われていたが、それらはギフトを欲するあまり性格が歪んだのだと痛感した。

あの頃、自分のせいで死なせてしまったと思っていた人が生きて、動いている姿を見ることができるのは感慨深かった。

マホロは実習生の間、土魔法を活用した災害対策に励んだ。聖者巡礼として赴いた地に再び向かい、今度は土壌の改良を主に手伝った。マホロは誰よりも上手く土魔法を操ることができるようになり、薬草学でも新しい薬草の研究に邁進《まいしん》した。実習時の働きが評価され、マホロはローエン士官学校を卒業した後、無事に宮廷魔法士として王宮勤めになった。

王宮では、偶然アルフレッド殿下やレオンに会うこともあった。

王宮の廊下で殿下と会った時には、身を低くして頭《こうべ》を垂れるのが配下の礼儀だ。

「君」

ある日、いつものように頭を下げてアルフレッドが通り過ぎるのを待っていると、何か気になったのか声をかけられた。驚いて顔を上げたマホロは、不思議そうな瞳で自分を覗き込むアルフレッドと目が合った。

「アルフレッド殿下に拝謁いたします。宮廷魔法士のマホロ・ボールドウィンと申します」

マホロは急いで名乗った。王族には新しい宮廷魔法士としての知らせが届いているはずだが、アルフレッドと話すのは初めてだ。

「新人宮廷魔法士だね。君の新しく発見した薬草が、ナターシャの病気によく効いてね」

アルフレッドはにこにこと、マホロに話しかける。

「恐れ多いことでございます。王女殿下のお身体が回復するのを願っております」

マホロが心の底からそう答えると、後ろに控えていたレオンが目を丸くして一歩進み出る。

「お前はローエン士官学校の出だったな？　魔法クラブにいなかったか？　ふたつ下の学年にい

たのを覚えている」

レオンはきっちりと着こなした近衛騎士の制服も凛々《りり》しく、相変わらず堅物そうな面持ちでアルフレッドの傍にいる。レオンが自分を知っているのは、驚きだった。話したこともないし、昔のようにルールを破って目立ったこともないのに。

「はい。レオン先輩にご挨拶できて嬉しいです」

久しぶりにレオンと話せて、マホロは無意識のうちに微笑んでいた。

この世界ではアルフレッドとローズマリーはまだ婚約していないが、ローズマリーがアルフレッドに熱烈な想いを抱いているのは社交界で有名な話だった。

「……」

レオンは一瞬マホロを見つめたまま、動きを止めた。あまりに長くマホロを凝視しているので、アルフレッドが咳払いをする。

「す、すみません。今、何か既視感が……」

レオンは眩暈《めまい》を起こしたように額に手を当て、背筋を伸ばした。

「どうした？　レオン、こういう可愛らしい人が好みだったかな？　まぁ、確かに小柄な彼が人一倍魔力量が多いというのは興味を惹かれるね。今度、お茶においで」

王族には『魅了』の力は存在しないが、今のアルフレッドも人を惹きつける魅力を持っていた。マホロの肩にぽんと手をかけ、いたずらっぽい笑顔を見せる。マホロはぽっと頬を赤らめ、ありがとうございますと頭を下げた。

ふたりと離れて廊下を歩きだしたマホロは、レオンは何か思い出しただろうかと考えた。自分が命より大事な女王陛下を殺してしまったなんて、知りたくないだろう。あれは旧世界の出来事だ。このまま思い出さないほうがいい。

この世界は同じようでいて、相違点が多かった。

そのうちのひとつが、アリシア妃が存在しないことだ。

宮廷魔法士となったマホロは、最初に王族を調べた。アリシア妃がどうなったか知りたかったのだ。前国王の弟の娘だったアリシアという女性は存在しなかった。前王の弟に娘はおらず、息子がひとりいたが、病弱で生まれた一カ月後に亡くなっている。

おそらくアリシア妃は闇魔法の血族として天空へ行ったのだろう。そのほうがアリシア妃にとっても幸せに違いない。マホロにとっては恐ろしいだけの女性だったが、闇魔法の血族としてはよくいる性質の女性なのだから。

かつての世界と同じ点もある。ナターシャは病弱で、今もほとんどベッドで過ごしている。まだ幼い彼女を救いたいと思うが、光魔法が存在しないこの世界では不可能だった。代わりにマホロはナターシャの病気の原因を調べ、治癒に効果があると思われる薬草の栽培に取りかかっている。エモギダというハーブがナターシャの病気にいくばくかの改善を見せたので、その効能をより引き出す新種の薬草栽培が目下のマホロの目標だ。

自分が変えてしまった世界にマイナスの齟齬《そご》が生じたなら、おこがましいがそれを取り除くのは自分の責務だと思っていた。

その後レオンは王宮内で会うと声をかけてくるようになった。めったに会わないが、アルフレッドもマホロに親しみを感じるのか目をかけてくれた。旧世界で親しかった人とは、この世界でも縁があるのかもしれない。

秋が訪れる頃、ヴィクトリア女王は心臓の病を患《わずら》った。高齢ということもあり、神官や司祭が治療を施したが、あまり状態はよくならなかった。ヘンリー王太子は現在四十三歳、身体も弱く、ヴィクトリア女王の治世が長かったので、このまま国王にならずに終わるのではと噂されていたが、ここにきてヘンリー王太子の存在に注目が集まった。だが時を同じくして、かつて王族を次々と襲ったという流行り病が再び猛威を振るい始めた。冬の到来を告げる雪が降った日、ヴィクトリア女王よりも先にヘンリー王太子が急死した。流行り病はヘンリー王太子の長男であるアレクシス王子、第二子のハインリヒ王子の命も奪った。冬の間に三人が亡くなり、急遽《きゅうきょ》ヘンリー王太子の三番目の息子であるアルフレッドが立太子することとなった。

マホロは戦慄《せんりつ》を覚えた。

闇魔法の血族がいなくなっても、結局、彼らの寿命は短く、アルフレッドは国王になる運命なのかもしれない。

王太子が亡くなり孫も亡くなったことで、ヴィクトリア女王はかなり気落ちしていると聞く。

「アルフレッド殿下は、立太子の準備でお忙しいようだ」

雪が王宮の庭を真っ白に染めた日、レオンが心配そうに語った。レオンは女王の身を案じて、収束したとはいえ流行り病によく効く予防薬はないのかとマホロに聞きに来たのだ。宮廷魔法士は王宮内に部屋を持つことが許されていて、新人のマホロは一番小さな部屋を与えられていた。気づけば宮廷魔法士になって二年が経つ。マホロは二十三歳になっていた。

「大変ですよね……。でもアルフレッド殿下なら、きっと素晴らしい王になると思います」

マホロは特注の厚手の近衛騎士のコートを着込んでいるレオンに、力強く言った。

「そうだな……。あの方は聡明だから、ヴィクトリア女王に続き、善き治世を迎えられるに違いない。休憩中にすまない」

レオンは苦笑して、マホロの頭に手を置いた。レオンはマホロのためにエインズワース家で作ったサンドイッチを持ってきてくれたのだ。小食のマホロには食べ切れないくらいの量だったので、残した分は夕食に回そうと思う。

「いいえ。レオン先輩も、あまり落ち込まないで下さいね。女王陛下はお強い方ですから」

マホロが励ますように言うと、レオンが赤面して頰を搔いた。

「お前には俺が女王陛下に傾倒しているのを見抜かれているな」

レオンは照れくさそうに呟き、マホロと部屋を出た。マホロは午後、薬草畑の手入れをする予定だ。雪が降ったので、寒さに弱い薬草を保護する必要がある。薬草畑までレオンが送ると言うので、王宮の廊下を一緒に歩いた。

「ところでお前、今度――」

肩を並べて歩いていたレオンが、もごもごしながら何か切り出そうとした時だ。廊下の前方から魔法団の制服を着たノアが歩いてくるのが見えた。どきりとして視線を落とす。どうしてもノアに意識を集中してしまう。

「ノアか。珍しいな、王宮に来るとは」

レオンが手前まで来たノアに声をかける。ノアはちらりとマホロを見て、レオンの前で立ち止まった。

「ああ。面倒くさいが母から使いを頼まれてな」

ノアはだるそうに肩をすくめる。

「公爵夫人はお元気か？　あまり体調がよくないと聞いているぞ。社交界にもほとんど顔を出されていないようだな」

レオンはノアの母親と面識があるのか、労《いたわ》るように言う。

「あまりよくない。もともと身体が悪いのに子どもを二人も産むからだ」

ノアはまるで他人事《ひとごと》のように語る。そっけない言い方だが、その目には母親への確かな愛情があって、マホロは胸が熱くなった。旧世界で亡くなった人が似たような時期に亡くなる中、ノアノアの母親はまだ生きている。セオドアは愛妻家で、仲のいい一家だと評判だ。

（世界に大きな影響を及ぼさなければ、生きるのを許されるのだろうか）

ノアの母親が生きている理由を、マホロはそう結論づけた。光の精霊王がいれば聞けるだろうが、この世界にいるかどうかさえ定かではない。

「……ずいぶんちっこいのとつるんでいるな」

ノアがレオンの横にいるマホロに目を向けた。マホロは身長が低いので、少しからかうような口ぶりだ。

「あ……、マホロ・ボールドウィンです。ローエン士官学校の出です」

マホロはどぎまぎしながら伏し目がちに挨拶した。ノアとまともに話すのはこの世界で初めてで、いやでも緊張した。

「後輩か。魔法クラブにいたか？　ぼんやり記憶がある。ちまちました感じの……」

ノアは軽く頭をひねって呟く。

「お前の人に対する無関心ぶりはひどいな。同じクラブの後輩の名前くらい覚えておけ。それでなくてもお前はクラブ活動をおろそかにして……友人にもおかしな渾名《あだな》ばかりつけるし」

レオンが嘆かわしげにノアに説教を始める。

「ああ、思い出した。何かハムスターみたいなちっこいのがいるなって思った。白ハムスター……いや、そこまで白くないか」

ノアは何かを思い出したように笑いかけ、ぴたりと口を閉じた。青く宝石のような瞳がマホロを見つめ、かぁっと頬が熱くなった。ノアはまるで幽霊を見るような視線でマホロを凝視していた。そのただならない気配に、レオンが戸惑って間に入る。

「おい、どうした？　睨《にら》みつけるな、怖がるだろ」

レオンはマホロをかばうようにノアを諫《いさ》める。ノアは口元に手を当て、ひどく顔を歪めてマホロから目を背けた。

「悪い……、ちょっと……」

ノアは眉間《みけん》にしわを寄せて、がりがりと頭を掻いた。ノアは混乱するようにマホロから距離をとった。それには傷ついたが、マホロは必死に何でもないふりをした。

「俺はもう行きますね。レオン先輩、失礼します。……ノア先輩も」

いきなりとげとげしい空気を発したノアに、レオンは面食らっている。マホロはレオンに頭を下げて、先に歩きだした。レオンは追いかけようか一瞬迷ったが、ノアの不穏な態度が気になったのだろう。後ろのほうでノアとひそひそと話し始めた。

マホロは少し足を速めて、彼らから遠ざかった。

王宮の裏口から奥庭に出て、薬草畑へ向かう。

空から白い雪が舞い落ちていた。雪はマホロの肩や頭にひらりと落ち、体温で融《と》けていく。無性に悲しくなり、ともすれば泣いてしまいそうだった。咽《のど》がひりひりして、喘《あえ》ぐような息になる。

ノアが白ハムスターと言った瞬間、旧世界の記憶が鮮烈な感情を伴って蘇ったのだ。

昔と同じ呼び方、声、匂い、深く愛し合った記憶が、堰《せき》を切ったようにあふれ出した。

（ノア先輩……、ノア先輩……）

泣きそうになるのを厭《いと》い、マホロは足を速めた。自分が失ってしまったもの、手を離してしまったものへの未練が痛いほどに胸を締めつけた。

あの時、マホロはノアに何も話さず行動した。追いかけてきたノアに何の説明もせず、門を開けるのは自分の使命と信じて、遂行した。

自分とノアの間には、ずっと壁があった。

愛していても、大事だと思っていても、マホロはノアに対して誠実とは言い難かった。本当にノアを信頼し、愛していたのなら、光の精霊王から託された使命も、光魔法の血族に対する自分の思いも、すべてノアに話すべきだった。けれど、そうしなかった。何故なら、マホロはノアがそれを理解してくれるとは思わなかったからだ。

異なる血族ゆえの分かり合えない感情は確かにあった。それでも、ノアに隠すべきではなかった。たとえ反対されようと、事実を伝えるべきだった。怖かった。ノアと自分が決して理解し合えない存在だと認めるのが嫌だった。

今でも時折、門扉《もんぴ》を開けなかった世界を考える。

あの時、司祭になるのを拒否して、ノアとふたりで生きる決意をしたら、どうなっていただろうか？　ノアはマホロと一緒に違う国へ逃げるのを歓迎したはずだ。ノアにとって闇魔法の血族だと誹《そし》られることも、王国が敵になることも大した問題ではないからだ。何もかも捨てて遠くへ逃げようとマホロが言えば、ノアは喜んでその手を取っただろう。デュランド王国が滅びてしまったとしても、そういう未来もあった。

けれど、マホロはその未来を選ばなかった。

ノアに相談することもなく、自分の選んだ方向へ世界を変えた。

ノアが破滅する未来を、見たくなかったからだ。自分勝手で、利己的な思いだった。そんな自分が、この世界でもノアと愛し合いたいと願うのは身勝手すぎた。ノアの意見を無視して世界を作り替えたマホロにはその資格がない。

息を切らして走り、いつの間にか雪に覆われた薬草畑にいた。網で覆われた薬草畑には、雪がうっすらと積もり始めている。早く気持ちを切り替えなければ駄目だとマホロは濡れた目元を拭《ぬぐ》った。

「おい……!!」

気づいたら腕を取られ、背後から怒鳴りつけられていた。びっくりして振り返ると、そこにいたのは険しい顔つきのノアだった。ノアは折れそうなほど力を込めてマホロの手首を摑み、今にも殴りかかりそうな勢いで口を開いた。

「マホロ……ッ!! 何なんだ、この記憶は……っ⁉ 吐き気がしそうだ、頭の中に変な記憶が流れてくる……っ、お前は……っ、俺の……っ」

ノアは訳が分からないと言ったように叫び、言葉を継げずに身体をわななかせた。ノアに記憶が戻っている——堪《こら》えていた涙が滝のように流れ出た。

「ノアせん……ぱいぃ……」

顔をくしゃくしゃにしてマホロが泣きだすと、ノアが荒々しく地面を踏み鳴らす。

「俺は頭がおかしくなったのか……っ⁉ 違う！ これは、俺が体験した記憶だ……っ!! 闇魔法……っ？ 意味が分からない！ いや、違う、そうだ、あの時、声が聞こえた——」

ノアはマホロの腕を放して、両手で頭を抱えた。

「光の精霊王が……っ、新しい世界でもし、同じ気持ちをお前に持てたら、記憶を戻してやるっ て——」

ふいに——ノアは夢から醒《さ》めたように動きを止め、呆然と立ち尽くした。その美しい瞳がマホロを見つめ、苦しそうに吐息を吐く。

「ずっとひとりで抱え込んできたのか⁉ この馬鹿！ 何でもっと早く言わなかった！」

ノアはやおらマホロを抱きしめた。久しぶりのノアの熱に抱かれ、マホロはぼろぼろと涙を流した。光の精霊王はノアに仕掛けを施していた。ノアはかつての記憶を取り戻したのだ。マホロはえぐえぐと泣きながら、ノアに抱き着いた。

本当はずっとこうしたかった。ノアと抱き合い、その匂いに包まれたかった。

「お前には言いたいことがたくさんあるんだ、どうして勝手な真似をした⁉ 俺は怒っているんだぞ！ お前はいつもそうだ、俺のためを思ってのことかもしれないが、いい迷惑だ！ お前みたいなのを自己満足のお節介野郎って言うんだぞ！ こんな国、滅んでもよかったんだ！ 俺はお前さえいれば……、 ああもう、お前、 ——変な泣き方するな。可愛くないところがまた可愛い」

ノアは泣きじゃくるマホロの頭を胸に、呆れて少しだけ声のトーンを落とした。

「ごめんなさいぃ……ノア先輩……っ」

マホロは涙腺が壊れたみたいに涙があふれて、顔を真っ赤にしてノアにしがみついた。

「お前、前より白くないな。でも今のお前も可愛いよ。何で気づかなかったんだ、俺は？」

ノアはマホロの背中を優しく叩き、目を細めて愛しげに囁いた。

「クソ、まだ混乱している……っ、この世界の記憶と混ざり合って、変な気分だ……。だが、これで分かった。ずっと何かが足りないと思っていた」

ノアはわずかに腕を弛め、マホロの頬を両手で挟み込む。長い指がマホロの頬を撫でる。

「誰といても、違うと感じていた。お前がいなかったからなんだな。こんなに大切な存在を忘れていたなんて、信じられない。ああ、この感触、匂い……」

うっとりとしてノアはマホロのこめかみ辺りに鼻を押しつけ、我慢できなくなったように唇を奪ってきた。長い時を超えて触れ合ったようにも、ほんの少し前に触れ合ったようにも感じられた。ノアの唇は熱く、貪るようにマホロを求めてくる。

マホロは必死にノアに抱き着きながら、まだ泣いていた。これが夢だったら絶望すると思いながら、ノアの匂いを嗅《か》いでいた。

「質問——人の本質は、善か？　悪か？」

耳元でノアの色っぽい声がして、マホロは大きく目を見開いた。昔、こんなふうによくノアが質問をしてきた。懐《なつ》かしく遠い日々——永遠に失われたと思っていた時間が再び巡ってきた。

マホロは濡れた目元を擦り、愛する人に許しを乞うた。

「ノア先輩の本質は、善でした」

マホロは確かな答えを導き出し、新しい世界を迎え入れた。

POSTSCRIPT

HANA YAKOU

こんにちは。夜光花です。

血族もこれが最終巻になりました。哲学しよっというのがこのシリーズのテーマでした。前半は質問形式にして、後半はマホロが考えるという構成に。哲学……好きだけど難しいですね！　多面的に物事を考えたいといつも思っているのですが、やっぱり主観が主張しちゃうんですよね。マホロの性格は後ろ向きというか、争いごとが嫌いなので、当然思考もそうなりがちで、自分だったらこうするけどマホロはこっちを選ぶよなぁというものが積み重なってここまできました。無事終わってよかったです。このシリーズはラストをずっと決めていなくて、書いている途中もこのラストでいいのか、書き終わってもこれでいいのかと悩みました。ラストはいくつかあって、門を開けないエンド、マホロ女体化

夜光花　URL　http://yakouka.blog.ss-blog.jp/
ヨルヒカルハナ：夜光花公式サイト

してノアとの子どもが救世主だったエンド、逃亡エンド、王家崩壊エンドなどいろいろありました。一番無難なエンドになったかも……。門を開けろ的な展開にしていましたが、ずっと開ける気はなく、というのもマホロが流され主人公だったのでそんな大役無理だろうと。マホロの性格が活発な子だったら四冊目くらいで門を開けちゃって新しい世界になっていたと思います。

　今回シリーズ通してイラストを描いて下さった奈良千春先生には頭が上がりません。本当に素晴らしい世界観を絵で表してくれて、文章が追いつきませんよ。ノアの美しさとマホロの可愛さ、すべてのキャラクターが生き生きしてラフ画を見るのが楽しみでした。どうもありがとうございます。扉絵を並べていくとひとつの物語ができそうです。アルビオン主人公気質だー。

担当様。難しい設定の校正で大変だったと思います。無事終わってよかったですね！　いつもありがとうございます。

シリーズ最後までお付き合い下さった皆様、ありがとうございます。感謝でいっぱいです。お手紙などとても励みになりました。感想ありましたら、ぜひ教えて下さい。

ではでは。次の本で出会えることを願って。

夜光花